风 景 也 是 格 外 美 好

历史 风景 故事

六大名胜 张克 著

U0654906

中国出版集团

现代出版社

图书在版编目（CIP）数据

东都风景 / 张克著. -- 北京 : 现代出版社，2016.5

ISBN 978-7-5143-4856-9

Ⅰ．①东… Ⅱ．①张… Ⅲ．①散文集－中国－当代
Ⅳ．①I267

中国版本图书馆CIP数据核字(2016)第081211号

东都风景

作　　者	张　克	
责任编辑	李　鹏　陈世忠	
出版发行	现代出版社	
地　　址	北京市安定门外安华里504号	
邮政编码	100011	
电　　话	010-64267325　010-64245264（兼传真）	
网　　址	www.1980xd.com	
电子邮箱	xiandai@vip.sina.com	
印　　刷	北京一鑫印务有限责任公司	
开　　本	787×1092　1/16	
印　　张	14	
版　　次	2016年5月第1版　2022年7月第2次印刷	
书　　号	ISBN 978-7-5143-4856-9	
定　　价	49.80元	

内容提要

东都开封的"汴京八景"闻名遐迩，而其"六大名胜"更是勾人眼球。此书正是围绕着这"六大名胜"给你讲述历史、讲述风景、讲述故事的。

中国的五代时期，后梁在开封建都，皇帝朱温下诏："宜升汴州为开封府，建名东都。"自此，开封又有了"东都"的别称。所以，这本讲述古都开封"六大名胜"的书就定名为《东都风景》。

——题记

前　言

古城开封，八朝帝都，风景也是格外美好！这里有高悬在七座皇宫之上的"龙亭"；这里有历经千年风雨而不倒的"天下第一塔"；这里有遐迩闻名的皇家寺院"大相国寺"；这里有声震中天中国之最的"鼓楼"；这里有世界奇迹地球独有的"城摞城"；这里有诞生神曲《阳春》《白雪》具有三千年历史的"古吹台"！这"六大名胜"在中国大地浩荡春风的吹拂下，又焕发出勃勃生机。天下的游人，请过来看一看！

目　录

龙亭王气霸中原　　　　　　／ 1

天下第一塔　　　　　　　　／ 33

千年古刹居闹市　　　　　　／ 61

世界奇观卧牛城　　　　　　／ 93

声震中天话鼓楼　　　　　　／ 129

阳春白雪映吹台　　　　　　／ 175

后　记　　　　　　　　　　／ 201

龙亭王气霸中原

开封的龙亭，是高悬在七座皇宫之上的龙亭，它以其罕见的七朝王气雄踞一方，称霸中州大地。

一位出色的开封籍导游曾经出色地向一位初次来中国旅游的外国总统这样介绍："欢迎您，总统先生！欢迎您到中国旅游，但我必须忠实地告诉您：您来中国旅游，如果不去河南，您就等于没有来中国；您如果到了河南而不去开封，您就等于没有来河南；您如果到了开封而不去登龙亭，您就等于没有来开封！"

由此可见，开封龙亭在开封人民的心中是多么神圣！

1994年夏天，一场持久的罕见的大暴雨袭击古城开封，给年久失修的龙亭带来了意想不到的灾难。

7月15日凌晨，正当开封人从睡梦中刚刚醒来的时候，从古城的西北角传出一声闷雷似的巨响……

"龙亭倒塌啦！"许多人发出这样的惊呼！

"快去救龙亭！"许多人这样大喊着，没命地奔向龙亭！

开封龙亭没有倒塌，只是严重受损。龙亭大殿高大的后墙在强烈的暴雨冲刷下突然垮下，支撑后墙的6根巨柱倒下4根，剩下两根凌空高悬，重达470多吨的殿顶严重倾斜，整个龙亭危在旦夕！

"开封不能没有龙亭！"数十万开封人振臂高呼。于是，一场大规模的、自发的拯救龙亭的战斗在开封打响。政府与民间结合，企业与私人联手；有钱的出钱，没钱的出力！老太太打开箱子，把积攒多少年的"箱底钱"拿出来了；小朋友手捧着大把大把的硬币，神情庄重地走向受伤的龙亭；郊区的个体运输户，开着自家的汽车来到工地进行义务劳动；老寿星把存放许多年的楠木柱子捐出来了，为的是重修龙亭出把力……

仅仅用了 100 天，开封人就让严重受损的龙亭完好如初，岿然屹立。经专家测定：修复后的龙亭大殿平面位置与标高和原来的误差不超过 0.5 厘米。

这就是开封人的精神！

这就是开封人的速度！

这就是开封人心目中的龙亭！

开封龙亭如此之重要、如此之神秘，到底是何原因呢？它最早的本来面目又是什么呢？这些问题，恐怕只有 2000 多年前的魏惠王才能说清楚。

公元前 453 年，魏文侯即位，他任用李悝为相，进行社会改革，很快使魏国成为"战国七雄"中最强盛的国家。到了魏惠王执政的时候，小小的魏国国都安邑（今山西省夏县）已不适应魏惠王称霸中原的膨

胀野心，于是魏惠王就有了迁都的想法。新都迁到哪里为好呢？魏惠王苦思冥想，一时有些举棋不定，便和随从策马出城，沿着黄河向东考察巡视。这天，魏惠王登上一个大土堆，登高远望，但见黄河南岸炊烟袅袅，紫气升腾，楼阁瓦肆，隐隐可现……魏惠王用马鞭指着黄河南边，问随从："那是什么地方，好像有祥云笼罩？"随从答："那是中原小城仪邑（今河南开封），形似卧牛，是一个人杰地灵的地方。"魏惠王大喜，立即拍板大叫："好，我们的国都就迁往那里！"（在此之后，又有"金牛驮惠王"的传说，另外的文章里有专门介绍，这里不再多说。）

魏惠王大手一挥，魏国的国都便从安邑迁到了仪邑。魏惠王一声令下，将仪邑改为大梁，并大兴土木，重建大梁城。高大巍峨的城墙修起来了，金碧辉煌的皇宫拔地而起……魏惠王"乘夏车，称夏王"，成了名副其实的中原霸主。大梁城也成了天下闻名的大都市。

大梁城的皇宫就建在当今开封龙亭一带，也因此而被写入史册。

公元前225年，秦魏战争又起，秦国大将王贲率领大军围攻大梁城，遭到城内军民顽强抵抗，久攻不克。王贲恼羞成怒，便下令扒开鸿沟，水灌大梁城。

洪流滚滚，巨浪滔天，号称"天下之中身"的大梁城瞬间被埋葬在万顷波涛中……

这就是当今开封"龙亭"脚下埋葬的第一座皇宫。

到了五代时的后梁，皇帝朱温再次定都开封，把原来的汴州宣武军节度使衙署改建成规模庞大的皇宫，命名为"建昌宫"。

建昌宫实际是一座富丽堂皇的皇城。它的外围有城墙、城门，内部有正殿、内殿，关于建昌宫的详细记载，《五代会要》卷五"大内"之中说得非常清楚："……改正衙殿为崇元殿，东殿为金祥殿，万岁堂为万岁殿。大内正门为元化门，皇城南门为建国门，滴漏门为启运门，下马门为升龙门。元德殿前为崇明门……皇城西门为神兽门，望京门为金风门。西门为玉兔门，正衙东门为崇礼门，东偏门为银台门，宴堂门为德阳门，天王门为宾天门，皇城东门为宽仁门，浚仪门为厚载门。宋门为观化门，尉氏门为高明门，郑门为开明门，梁门为乾象门，酸枣门为兴和门，封京门为含曜门，曹门为建阳门。"

到了后晋王朝在开封定都时，又将建昌宫改为"大宁宫"，并正式将开封改为东京。

接着，后汉、后周接连在东京定都，尤其是后周的皇帝柴荣（周世宗），南征北战，亲自出征大败北汉兵，收复燕云十六州，使南唐俯首称臣，大有统一中国之势头。柴荣雄心勃勃，感到东京城的城池和皇宫太小，已不适应做京师之需要，于是下决心重建东京城，重修大宁宫。

显德二年（955），周世宗柴荣正式下诏，画出重建东京城的蓝图。蓝图中明确规定：墓葬一律要迁移到7里以外的地方；街道、仓库、营房的位置要一目了然；一般街道要改直加宽，达到通行大车的标准；主要干道要至少拓宽到30步……当时负责重建东京城的城建官员问柴荣："陛下，东京城到底建多大，您能不能说个具体数字？"柴荣摇摇头，说："不能。"城建官员作难地说："那……我按什么标准修呢？"柴荣没有回答，而是让人叫来了殿前都点检（京师禁军最高指挥官）赵匡胤，问："赵爱卿，听说你的坐骑是一匹神奇的赤龙驹，是真的吗？"殿前都点检赵匡胤急忙点头说："禀报陛下，在下的坐骑的确是一匹不可多得的赤龙驹。"柴荣微微一笑，说："那好，你就骑上你的赤龙驹到城外给朕圈地。让你的赤龙驹尽力跑，什么时间跑不动了就停下来。你的赤龙驹跑多么大，朕的东京城就建多么大！"赵匡胤答应了一声，走下朱雀门，骑上宝马赤龙驹，一阵旋风似的冲出城门，"跑马圈地"去了……

后来，周世宗柴荣当真调来 10 多万民工，顺着赵匡胤跑马的路线，修建了东京城的外城，并且耗费巨资，专门派车队去汜水，取回虎牢关的土作为修筑城墙的专用土。在修筑东京城的同时，周世宗也对大内皇宫进行大规模的整修扩建，增建了一座永福殿，改宫城为启运门、改宫门为龙升门等等。

值得一提的是：五代时期的后梁、后晋、后汉、后周 4 个王朝的皇宫，均建在当今开封的龙亭一带，四国 10 位皇帝在这里高坐龙墩，发号施令，无形中给这里铸造了辉煌无限的王气！

公元 960 年正月初四，当初周世宗最信任的殿前都点检赵匡胤在东京城城北 45 里处的陈桥驿发动了震惊天下的"陈桥兵变"，建立北宋王朝，定都开封，仍称东京。值此，开封才真正走上了最辉煌、最壮观、最闻名的国际大都市的登峰造极之路。

北宋王朝在开封定都 168 年，9 个皇帝在这里运筹帷幄、苦心经营，使当时的东京城很快成为中国政治、军事、经济、文化的中心，同时也成为全世界人口最多、经济文化最发达的国际大都市。

赵匡胤当上北宋的开国皇帝不久，便下决心：要把东京城建成一座天下绝无仅有的超大规模的城市。

北宋的东京有 3 道城墙，即：外城、内城、皇城。

据史书记载，当时的外城扩为 48 里 233 步，共有城门 12 座。

内城又名阙城，周围 20 里 155 步，共计 10 座城门。

皇城、大内（皇宫）位于内城偏西北一带，周长 9 里 13 步，建有城门 6 座。宣德楼前建有一座大型宫廷广场，宽 200 多步，可容纳上万人进行庆典。皇宫正殿大庆殿更是深阔无比，大殿 9 间而东西又各挟 5 间。据《东京梦华录》说，大庆殿"殿庭广阔，可容数万人"。皇城的四角都筑有坚固的角楼，高达数十丈，从而开创了中国古代京师皇城建筑角楼的先例。后来，皇城再次扩大，皇帝下诏将皇城城北的寺院、兵营、作坊、店铺全部拆迁，新建一座更加富丽堂皇的大皇宫，取名延福宫。延福宫有 7 座大殿 15 座阁房，总建筑面积几乎和原来的皇城差不多。但是，皇帝仍不满足，接着把皇城再度北扩，沿着延福宫向北，一直跨过东京内城，改城为濠，架桥通船，栽花移木，美不胜收……

到了公元 1117 年，风流天子宋徽宗又下诏修建世界上最大的与延福宫连为一体的皇家园林"艮岳"，历时五年，耗费了惊人的钱财和人力。艮岳周长40多里，园中遍布山峦峰谷、湖泊岛屿，主峰高达90步，另有数不清的奇树异花和珍禽猛兽，专供皇家贵族打猎游玩之用。园中殿宇对峙，山水争秀，飞瀑小溪，遍布幽谷，云雾缭绕，鸟语花香，真是人间仙境！建筑艮岳所用的山石，全部选取江南太湖一带的太湖石。艮岳的建成，可以说是中国园林建筑史上登峰造极之作。

关于北宋皇宫的部分豪华情景，王安石曾有几句诗写得很到位：

娇云漠漠护层轩，
嫩水溅溅不见源。
禁柳万条金细捻，
宫花一段锦新翻。

物极必反，繁华至极的北宋王朝，终于迎来极度羞耻的大灾难——"靖康之变"。

公元1126年11月，金兵再次南侵，渡过黄河，势如破竹，很快攻占了北宋的首都东京城，把宋徽宗、宋钦宗两位皇帝及太后、皇子、皇妃、公主、驸马押往北国。金人疯狂"屠城"之后，又贪婪地洗劫

了金碧辉煌的北宋皇宫，把宫内的金银珠宝、皇帝玉玺、贵重字画、天文仪器、礼器仪仗全部抢走，连同宫内的倡优、工匠一同掠往北国。据史料记载，当时金兵从北宋皇城掠走的各类人员就达3000人之多！

徽钦二帝被押往北国的时候，已是靖康二年（1127）农历二月。这个季节正是东京城杨柳泛青、春风拂面的日子。在金兵的押解下，一向风流的宋徽宗再也风流不起来了。他一步一回首、一步一滴泪，看着历代北宋皇帝苦心经营的超豪华大皇宫离自己愈来愈远，心似刀割，肝肠寸断……走到三千里之外的一馆驿的时候，宋徽宗止不住大发感叹，作诗吟道：

彻夜西风撼破扉，
萧条孤馆一灯微。
家山回首三千里，
目断山南无雁飞。

至此，辉煌至极的北宋王朝在经历了九帝168年之后宣告结束。

北宋灭亡之后，金人委任济南知府刘豫为傀儡皇帝，国号大齐，建都于河北大名，改东京为汴京，这就是开封在历史上第一次被称为汴京。刘豫在河北大名当了皇帝之后，总嫌大名那地方小，于是在公元1131年农历四月，又将国都迁于汴京。刘豫在旧宋皇宫里作威作福，并大肆搜刮聚敛，甚至把金人洗劫过的皇宫柱子上的金箔都刮了下来，仅此一项就刮下黄金400多两。

规模庞大、富丽堂皇的宋皇宫被多次洗掠之后，早已是满目疮痍、破烂不堪。金人雷琯曾这样描绘当时宋皇城中的龙德宫：

> 紫箫吹断碧云归，
> 十二楼空尽玉梯。
> 彩仗竟无金母降，
> 仙裾犹忆华人携。
> 千年洛苑铜驼怨，
> 万里坤维杜宇啼。
> 莫倚危栏供极目，
> 斜阳更在露盘西。

公元1158年，弑君篡位的金朝皇帝完颜亮又下令重新修筑汴京皇宫，准备把国都迁到汴京。完颜亮一道圣旨调集了数十万民工，在宋皇宫的基础上又重新建造了一座新皇宫。新皇宫历时四年，豪华无比。

新皇宫名副其实，它连宋皇宫遗留下的砖瓦一块也不用，全部使用新材料，就连皇宫的墙壁都要涂金粉、镶珠玉，又把天下奇花异石运集皇宫进行装饰。关于金人建造的这座新皇宫，曾在汴京生活多年的著名文学家元好问在乐府诗《梁园春》中曾对皇宫苑囿内外景有这样的描述：

上苑春浓昼景闲，

绿云红雪拥三山。

宫墙不隔东风断，

偷送天香到世间。

公元 1234 年，金国灭亡，南宋皇帝趁机出兵想收复汴京，但乘势而起的蒙军在汴京城北边扒开黄河淹灌南宋军队。一时间，滚滚黄河水汹涌而出，以排山倒海之势扑向汴京城，汴京城被淹了，规模庞大、豪华无比的金皇宫转眼间便成了一座破烂的废宫殿。

公元 1378 年，明朝皇帝朱元璋将他的第五个儿子封为周王，派驻河南开封，并下令在开封金皇宫的废墟上大兴土木，修建一座举世罕见的周王府。周王府是当时明代诸藩王王府中最宏伟、最气派、最豪华的一座王府，从某种意义和规模上来说，简直就是一座小皇宫。史书上是这样描述周王府的："周围箫墙九里十三步，高二丈许，蜈蚣木镇压，上覆琉璃瓦，下有台基高五尺，上安栏杆，栏杆外街宽五丈。"周王府有 4 座城门，南门叫午门，东门叫东华门，西门叫西华门，北门叫后宰门。王府里边楼殿林立、朱门碧瓦，极为壮观。王府内还种植大量奇花异草，世间罕见。周藩左史牛恒有两首描写周王府内部风景的诗：

其一

箫箫修竹映池寒，
分汲银瓶灌牡丹。
报道花朝开内宴，
竟持金剪绕朱栏。

其二

丛生桂树后山幽，
花石犹传后代留。
宫媪引来岩际望，
蔡河春浪拍天游。

周王府豪华无比，盛世兴存了 260 年之后，一次意想不到的灭顶之灾正悄悄地向它袭来。

公元 1642 年农历四月，李自成率农民起义军再次围困开封城，一直围困到当年九月。城内的粮食吃光了，人们就开始吃草根、吃树皮，就在这个时候，更可怕的事情发生了：有人扒开黄河大堤，让黄河水再次淹灌开封城。关于这次扒黄河的责任者，多年来一直是一个悬而未决的谜。有人说是官军，有人说是李自成的农民起义军。前一种说法是守城官军害怕承担城破的责任，偷偷扒开了黄河；后一种说法是起义军围城多日未能破城，一怒之下便扒开了黄河，以水灌城。史料记载也难以给出定论，但不管是谁这次扒开了黄河，他对开封的危害都是巨大而空前的。黄河正值秋汛，水高浪大，势不可当，一时间巨浪排空，扑向低洼的开封城，瞬间将开封城夷为一片泽国，可怜那高大威武的周王府紫金城也只是露出一个小小的头尖。开封城内被活活淹死的民众就达 34 万之多。

辉煌了 260 多年的开封周王府至此变成了一片荒凉的废墟。杞县人何彝光在《过汴废藩宫遗址》中，用诗记载了 10 年之后被淹的开封周王府的情景：

十年征战后，

几到故宫去。

画阁停箫管，

朱门沸鼓鼙。

颓垣丛桂发，

深院绿篁齐。

惆恨王孙草，

青青没马蹄。

古都开封毕竟是一座不屈不挠的倔强古城，它一次又一次地被战火摧毁、一次又一次地被黄河淹没，但它却一次又一次地劫后重生，在旧城的废墟上再建起一座座新城，形成一种天下罕见的"城摞城"的地理奇观。

在开封被淹的 20 年之后，开封人在旧城的基础上又筑起了一座新城，在周王府的遗址上修建了一座规模庞大的"河南贡院"。

公元 1734 年，河南总督王士俊为了讨好大清的雍正皇帝，在河南贡院的旧址上又修建了一座气势宏伟的"万寿宫"，在万寿宫后边的煤山上修建了一座朝贺皇帝的万寿亭。每年当皇帝生日来临之前，地方官府便在万寿宫中安放一座木制的"龙亭"，"龙

亭"之内摆放"皇帝万岁"的牌位，文武官员按位次一一到"龙亭"的万岁牌前礼拜、朝贺。后来，煤山便被人们称为"龙亭山"，"龙亭"之名便由此诞生。龙亭建有大殿，大殿通高26.7米，面阔9间，金黄色琉璃瓦盖顶，远远望去，高大巍峨，金碧辉煌，王气缭绕，令人生畏。清人陈简登上高大的龙亭之后，大发感慨，作《龙亭怀古》一首：

> 龙亭高耸碧云隈，
> 趁晓登临眼界开。
> 紫气东随函谷至，
> 黄河西抱太行来。
> 夕阳石马秋风冷，
> 故国铜驼暮雨哀。
> 遥望宋宫烟水际，
> 当年禾黍亦成灰。

公元1901年11月，因"庚子之乱"，慈禧太后和光绪皇帝一行人从西安来到开封。慈禧太后提出要登开封的"龙亭"，开封的地方官员忙得不亦乐乎，抓紧时间把龙亭粉饰一新。当慈禧太后让人搀扶着一步一步地登上高大的龙亭之后，累得差点喘不过气来。慈禧太后和光绪皇帝站在龙亭大殿向南眺望时感慨万千，连连夸奖龙亭建得好。

新中国成立后，毛泽东主席曾经健步登上开封的龙亭，那是 1952 年 10 月 30 日的事情。

天近傍晚，毛泽东主席兴致勃勃地登上开封的龙亭。在龙亭的大殿里，毛泽东主席问跟随在身边的河南省省长吴芝圃："这是不是赵匡胤的宫殿？"吴芝圃回答说："赵匡胤的宫殿早已埋在地下，这里是明朝周王府的遗址。"毛泽东又问："宋朝的城到底在哪里？"吴芝圃又回答："这里是宋朝城的一部分，当时的城很大，有 100 多万人呢！"最后，毛泽东主席仔细地聆听了讲解员的讲解，大手一挥，高声说："龙亭有历史意义，应该很好地修起来！"

修缮开封龙亭的建议，应该是毛泽东主席最先提出来的。

1953 年 11 月，中华人民共和国国务院拨专款，对开封龙亭进行了全面修缮。

龙亭的故事

杨家湖水清，潘家湖水浑

偌大的"龙亭湖"横卧在开封龙亭的南边。龙亭湖是由两个湖组成的：东边的叫"潘家湖"；西边的叫"杨家湖"。"潘"指的是戏剧中北宋的昏官潘仁美；"杨"指的是北宋的忠良将杨继业。通过大量戏剧的描写，老百姓多多少少都知道一些北宋时期的"潘杨结怨"的历史故事。1000多年来，开封民间始终流传着"杨湖清，潘湖浑，奸贼谋害忠良臣"的民谣。这首历史久远的民谣说的就是北宋时期潘家迫害杨家，导致紧挨两家的湖水都不一样。杨家是清官，杨家湖的水就是清的；潘家是昏官，潘家湖的水就是浑的。这些久远的历史恩怨暂且不论，但遗留下来的两个湖的水真真切切不一样。遥远的历史已经过去，潘杨两家的恩怨早已澄清，但如今在当年潘杨结怨的地方，却还是一直留存着湖水见证的景观。龙亭湖确实太扑朔迷离了！就那么两池湖水，肩并着肩、手牵着手，可湖水的颜色就是不一样：西边的湖水清亮洁净；东边的湖水浑浊灰暗。

不信？你来看看就知道了！

石阶上奇妙的马蹄印

也许有许多人来开封登龙亭许多次了，但不见得知道登开封龙亭要爬多少级台阶。

从龙亭正面上龙亭，走东边是72级台阶，走西边则是 69 级台阶，这 3 级差就差在中间那段最长的磴道上。从第一个平台到第二个平台之间，东边的台阶是 50 级，西边的台阶只有 47 级。这种奇特的"台阶谜"曾经迷惑了好多人，有些人甚至相互叫板，争得面红耳赤，有的说登龙亭确实是 72 级台阶，有的说登龙亭只有 69 级台阶。其实，龙亭的"台阶之谜"不算稀奇，镶嵌在东、西两道石阶中间，有一幅窄长的"蟠龙石雕"才算是神奇呢！而夹杂在蟠龙石雕中的"马蹄印"则是奇中之奇！老百姓间传说，这些"马蹄印"就是大宋开国皇帝赵匡胤骑马上朝遗留下来的。公元 960 年，赵匡胤发动"陈桥兵变"，杀回东京，废周建宋，当上了大宋的开国皇帝，为了显示自己的威严和震摄群臣，每次上朝都是骑着自己的宝马，踏着"蟠龙石雕"登上金銮殿的。赵匡胤腰系宝剑，身穿龙袍，威风凛凛地骑马上殿。赵匡胤骑的马好生了得，那是一匹久经战火的"赤龙驹"，赤龙驹不仅日行千里、夜走八百，宽大的蹄子也分外有力，踏到"蟠龙石雕"上时常迸出四散的火花。天长日久，日积月累，那赤龙驹的蹄子竟然在坚硬的"蟠龙石雕"上踏出许多状如马蹄的凹坑。

后来，北宋的皇宫被金人毁了，但一些爱国的能工巧匠却将那些带有马蹄印的"蟠龙石雕"的石块保留下来，一代传一代，最后镶嵌到了开封龙亭的石阶中间。不管此传说的可信程度有多高，但目前开封龙亭磴道的中间，在那蟠龙上下翻飞的"蟠龙石雕"上，确确实实有许多清晰可见的"马蹄印"。

周王府的镇海神针

古都开封在明末被黄河水淹灌之后，庞大豪华的周王府里狼藉一片，到处是残垣断壁，一时间许多人趁火打劫，争相拆卸府内的房梁屋柱，但唯有后花园东侧的一根大铁柱谁也弄不动它。直到民国年间，这根大铁柱还挺立在龙亭围墙的东侧路旁，高出地面有1米多，周长有两米左右，齐头纵横作十字坎，从四面观看，很像是一个"凹"字，用硬器敲之，发音洪亮而深远，历经风雨上百年，不锈不蚀。据开封当地一些老寿星回忆，他们小的时候就见过那根大铁柱，有人用石块敲敲，有人用铁器打打，听那大铁柱发音，煞是好玩。当时就有传闻，说这根铁柱是当年周王府里的"镇海神针"，什么人也拔不掉它。那年明朝皇帝朱元璋在周王府里"铲王气"，多少人用大锤砸，用绳索拉都奈何不了它，任凭风吹浪打，大铁柱始终稳如泰山，纹丝不动。

1922年冯玉祥第一次主豫时也动过这根大铁柱的

主意。众所周知，冯玉祥不信鬼神，每到一地都要拆庙毁佛，大破迷信，在开封也不例外。当冯玉祥听说龙亭附近有"镇海神针"的事情，便派整整一个排的士兵前往开始挖土取针。士兵一连挖了三天三夜，把那大铁柱的周围挖了一个大深坑，想看看那大铁柱的根基到底有多深。谁知开封地下水位高，挖着挖着深坑里就涨满了水。冯玉祥又派人抽水，却怎么也抽不干。冯玉祥恼了，就调来十几匹战马，用绳索绑到大铁柱上，使劲儿往外拉。十几匹战马的力量合在一起非常之大，终于把那大铁柱给拉动了，但是更可怕的事情又发生了。那大铁柱虽说被拉动了，但还是拔不出来，不仅拔不出来，并且还一直往外冒黑水。十几匹战马用力一次，那大铁柱就松动一下；大铁柱松动一下，下边就冒出一股翻滚的黑水。眼看这样僵持不下，一帮当地的绅士们慌了手脚，联名向冯玉祥恳求说："别再拉了，这根大铁柱一定是周王府遗留下来的'镇海神针'，拔了这根'镇海神针'，开封城肯定还要被水淹！"冯玉祥此时也泄了气，下令停止拉柱。后来，冯玉祥还听从别人的建议，封平土坑后在上面建个小亭子，以示保护。自此以后，那被埋在地下的大铁柱，也算是成了开封的"地下宝藏"。

日本人占领开封后，听说龙亭围墙的东侧有"镇海神针"的宝藏，觉得好奇，便派人扒开看看。这一看不当紧，一下子就吸引了众多的日本鬼子围观。那"镇海神针"依然存在，并且傲然而立。日军驻开封指挥官下令："把这'镇海神针'拔出来，运回大日本帝国收藏！"为了有把握，日本人这次没有用马匹去拉，而是动用了好几辆装甲车，用钢丝绳套到那"镇海神针"上往外拔。日本人坚信：装甲车的力气要比马匹大许多，这次一定能把这"镇海神针"拔出来。可是后来一动真格的，日本人又傻眼了。当日本人开足马力，用几辆装甲车往外拉那"镇海神针"的时候，后果和当年冯玉祥让人用马匹往外拉一个样儿，那大铁柱是拉动了，但动了一下又恢复原状，并且每动一下，那大铁柱的下面便冒滚出一股黑水。不一会儿，那冒滚出的黑水便溢满了日本人围绕大铁柱所挖的深坑。日本人不甘心，又调来好几台抽水机，把那深坑里的黑水抽干，再次用装甲车往外拉，再拉，那大铁柱还是动了动，冒滚出黑水后又恢复原状，稳若泰山，傲视日寇。反复折腾了几个轮回，日本人也害怕了：乖乖，这家伙真厉害，连装甲车都奈何不了它！日本人也信神，觉得这"镇海神针"确实有"神气"，不能再拉了，再拉可能要出大事！但是，日本人又不甘心，便用烈性炸药将那大铁柱炸断，弄出一截，放到小南门里的公茂汽车行，随后又转送到南关的演武厅。日本投降前夕，日军又将这一珍贵文物盗运至日本本土加以收藏。

不要以为这是纯粹的臆造和杜撰，这是有许多人亲眼看过和文字资料图片记载过的事实。"文化大革命"前夕，开封市博物馆就曾收到过河南省文化厅转来的当年日本人盗挖这一文物的一封反省信，这封反省信是一位当时亲自参与盗挖开封大铁柱的日本军官所写。这位军官在反省信中不仅详细说明了那次挖掘开封文物的详细经过，并附有清晰的有关照片。后来经专家对照片和资料进行分析，认为那大铁柱很可能是当年周王府里根基很深很深的"独柱亭"，可开封的老百姓却一直认为那大铁柱就是周王府里的"镇海神针"！"独柱亭"也好，"镇海神针"也好，反正那神秘的大铁柱一直到现在，还静静地被深埋在开封龙亭的东墙外。

神奇的转兵洞

人们传说：开封龙亭的下面，还有一个工程浩大的"转兵洞"。

北宋建国，定都东京开封，但皇上赵匡胤心中始终有个结：东京开封虽说为中原要地，但无险可守却是其非常明显的一个短处。为弥补这个短处，赵匡胤挖空心思，在赵普等人的精心谋划下，决定在宋皇宫的金銮殿下，挖一个四通八达的大型转兵洞。转兵洞往北45里通陈桥驿；往南45里通朱仙镇；往西45里通瓦子坡；往东45里通招讨营。圣旨一下，数万民工和军匠同时行动，时间不长，转兵洞就挖好了。北宋早期和中期，江山稳固，国泰民安，备战的转兵洞一直没有派上用场，一下子闲置了100多年。到了北宋后期，转兵洞终于派上了用场，并且大显神威。

公元1125年，金兵大批南下，将北宋都城东京开封团团围住。这个时候，只顾吃喝玩乐的宋徽宗真是害怕了，急忙传位于儿子赵恒，并交代赵恒："金兵来势凶猛，实在不行，就启用太祖给我们留下的转兵洞。"赵恒点点头，表示同意。在东京民众的强力呼吁中，宋钦宗赵恒终于起用了抗金名将李纲和种师道。李纲和种师道率领东京城的军民同仇敌忾，打退了金兵无数次的攻城，但顽固的金兵一直围困着东京城死死不放。宋钦宗赵恒害怕日久城破，立即下圣旨命令李纲和种师道动用转兵洞，击溃围城金兵。李纲和种师道领旨，在守城士兵中挑选众多敢死队，兵分四路，从宋皇宫金銮殿下边的转兵洞向朱仙镇、陈桥驿、瓦子坡、招讨营挺进。天快亮的时候，围困东京的金军四周突然出现了大批宋军，从东、西、南、北四个方向同时向还在沉睡的金兵进攻。守城的宋军也乘机杀出城外，和城外的宋军里应外合，把围城的金军杀得人仰马翻、血流成河。毫无防备的金兵死伤无数，大败而逃。这就是当时震惊世界的东京保卫战，而这次取得东京保卫战胜利的一个重要因素就是宋皇宫下边的转兵洞起到了作用。

金兵吃了转兵洞的大亏，因此特别痛恨转兵洞，在第二年攻打东京城的时候就提前封死了转兵洞的出口，最后东京陷落，转兵洞也就废弃了，但此后开封龙亭下边有宋代转兵洞的说法却愈传愈广、愈传愈神！前些年，开封南郊的农民在田野里打井，一下子挖出一段长好几里的地洞，那地洞的方向从北向南，一直往朱仙镇的方向延伸，据考古人员说，那就是开封龙亭底下通向朱仙镇的转兵洞的一段。

这就是开封龙亭，这就是高悬在中国 7 座皇宫之上的开封龙亭！在长达 400 多年时间里，开封龙亭曾经是中国的心脏，你不觉得它伟大吗？！你不想来看一看它吗？

天下第一塔

《如梦录》的书中有这样一句话："向南一门匾曰'天下第一塔'。"

这"天下第一塔"指的就是"开封铁塔"。

世界上有数不清的多种多样的塔，比如木塔、土塔、砖塔、陶塔、铜塔、铁塔、钢质塔、琉璃塔、象牙塔等！可你见过名字叫"铁塔"而实际则是褐色琉璃塔的开封的"天下第一塔"吗？

开封的"铁塔"有着许多名副其实的天下第一：

其一，开封"铁塔"是目前世界上现存的最高的千年褐色琉璃塔。

其二，开封"铁塔"是目前世界上历史最悠久的斜塔，塔顶垂直中心偏离塔座垂直中心80多厘米，比著名的意大利比萨斜塔（建于1174年）的历史还要长。

其三，开封"铁塔"是世界上遭受各种天灾人祸最多（历经地震43次，水淹6次，雷击17次，风灾19次，冰雹10次，炮弹62发）至今不倒的高塔。

其四，开封"铁塔"是世界琉璃塔中镶嵌佛教图案最多的高塔，上边有佛龛、菩萨、飞天、五僧、坐佛、立僧等大量佛教图案，素有"千佛万菩萨"之称。

……

开封的"天下第一塔"是怎么形成的呢？

北齐天保十年（559），一位云游的高僧来到古都开封城东北角的夷山之处，认为这里是一个十分理想的"阿兰若"（空闲的地方），便在这里搭建了一座十分简陋的房屋，起名"独居寺"。

独居寺虽小，但香火却延续了170多年。

公元729年，唐玄宗去泰山封禅，返回长安路过汴州（唐代时开封称汴州）时稍作休息。唐玄宗和随从闲游到独居寺附近，发现独居寺虽然香火很旺，但很简陋，一时产生同情之心，便下圣旨重修独居寺。为了纪念东巡泰山封禅的事情，唐玄宗索性将重修后的独居寺改名为"封禅寺"。

到了北宋时期，开国皇帝赵匡胤又下旨，将封禅寺改名为"开宝寺"。后来宋太宗赵光义又下旨在开宝寺里建一座天下最高的佛塔。直到现在，还有人把开封"铁塔"称为"开宝寺塔"。

"开宝寺塔"最初是一座木塔，塔身净高360尺，约合110米。提起"开宝寺塔"，得从吴越国的佛祖舍利说起。佛祖舍利最初在吴越国宁波的四明山阿育王寺的舍利塔内存放，因为吴越国的国王特别崇信佛教，于是在公元916年的时候，他硬是派人去四明山的阿育王寺里，把佛祖舍利要过来，放到自己身

边杭州的罗汉寺供奉。

到了北宋时期，吴越国名存实亡。公元978年的时候，当时的吴越国国王钱俶去东京朝拜被北宋朝廷留居，同样崇信佛教的宋太宗赵光义派供奉官赵熔前去吴越国的杭州罗汉寺，把佛祖舍利迎奉到北宋东京城皇宫的滋福殿内存放。太平兴国七年（982），赵光义觉得佛祖舍利长期在皇宫的滋福殿内存放不妥，便下令在开宝寺内的福胜院建造一座天下最高的佛塔，专门安放佛祖舍利。"开宝寺塔"虽说是一座木塔，但它是天下最高的，极其难建。为此，赵光义特意从吴越国找回来一位能工巧匠，专门担任"开宝寺塔"的总设计师，这位总设计师叫喻浩。

喻浩是吴越国的一位技术卓绝的木工，杭州人，出身于木匠世家，曾担任过杭州都料匠，著有《木经》三卷，史书上称他"有巧思，超绝流辈"。喻浩在杭州曾经科学地解决过梵天寺木塔稳定的大难题，为此而受到木工建筑界的高度赞誉。

喻浩奉旨来到东京开封后，着手建造天下最高的木佛塔，即"开宝寺塔"。喻浩依据设计先建造了一个小样，反复琢磨、研究、分析、对比长达半年左右。高塔正式开工后，喻浩把现场全部用帷幕围封起来，暂隐其形。人们在外边只能听到那劈柱凿木之声。时隔八年，一座天下最高的木制佛塔终于落成了。佛塔因为建造在开宝寺内的福胜院，最早就叫"福胜塔"。后来，宋真宗驾临福胜塔的近前巡视，发现福胜塔顶端的宝珠闪闪发光，所以又把福胜塔改名为"灵感塔"，但东京城的老百姓们却还是习惯地称它为"开宝寺塔"。

喻浩虽说建造了天下最高的木佛塔"开宝寺塔"，但是他却忽视了一个致命的大问题，即"木塔建得越高越容易遭到雷击，越容易被大火焚毁"。果然，喻浩建造的这座天下最高的木佛塔"开宝寺塔"仅仅存在了55年，便被雷击后燃起的大火彻底焚毁。

5年之后，宋仁宗颁布圣旨，下令重建"开宝寺塔"。为吸取教训，重新建造的开宝寺塔全部采用了耐火绝缘，能抗雷击的褐色琉璃砖瓦，同时也把新塔的塔址从原来的福胜院转移到夷山上的上方院。这就是一直延续到现在的"天下第一塔"——开封"铁塔"。开封"铁塔"净高55.88米，平面八角，13层楼阁式。铁塔的外边由28种琉璃砖加工合成，塔身上装饰有云彩、波涛、花卉、佛像、飞天、伎乐，以及龙、狮、麒麟等50多种花纹图案。铁塔的底部有八棱形围池，向南的塔门上刻有"天下第一塔"字样。塔底层每面宽4.16米，向上逐层递减。塔身层

层开窗，第一层往北，第二层往南，第三层往西，第四层往东。以此类推为明窗，其余为盲窗。每层塔棚上都有飞檐、挑角、挂铃。微风一吹，塔身上下的104个挂铃左右晃动，叮当作响。塔顶安有垂脊铁链8根，铁链紧系着一个硕大的桃形铜质宝瓶。塔内共有168级台阶（这个数字正好和北宋的寿命相同），可以沿着螺旋形梯道登上顶层。开封"铁塔"高大巍峨，直冲云天，好像擎天巨柱，挺立在开封的夷山之上。

开封"铁塔"的景色有两大绝妙之处。第一为"铁塔行云"；第二为"铁塔燃灯"。

观"铁塔行云"有两种方法：一是在多云季节，你站在地上，远眺铁塔，但见擎天巨柱直插云霄，天上白云绕塔缓行，蓝天白云之间，高耸的塔尖时隐时现、若即若离，给人一种"塔在云中走"的奇妙幻觉；二是在有云的日子，你钻进塔内，沿着168级台阶，围绕着塔心柱环行而上，登到顶层，隔窗观望，猛然发现飘浮的白云就在你的身边。塔身置于云彩中，产生出一种飘浮不定、左右摆晃的感觉。千姿百态的云朵在塔窗前方飞来飞去，似乎有一种招之即来、挥之即去的神奇感觉……关于"铁塔行云"的奇妙景色，一首无名氏作的诗说得很精彩：

浮图千尺十三层,

高插云霄客倦登。

瑞彩氤氲疑锦绣,

行人迢递见觚棱。

半空铁马风摇铃,

万朵莲花夜放灯。

我昔凭高穿七级,

此身烟际欲飞腾。

　　"铁塔燃灯"是开封"铁塔"另一绝妙景致。开封"铁塔"也是一座佛塔,因此也受到佛教的各种影响。佛教里说有一名佛教徒叫"燃灯",佛经上说燃灯生下时身边一切光明如灯,因此他的名字就叫"燃灯"。后来,燃灯曾为当时还为菩萨的释迦牟尼授记,预言释迦牟尼将来必然能为佛。释迦牟尼被燃灯言中,果然成了佛。此后,佛教徒们便把燃灯作为一件盛事去做。每逢到了中秋之夜,高高的铁塔上便布满了各种各样的燃灯,远远望去,灯照九霄,辉煌无比。有关开封"铁塔"燃灯的盛况,元代著名文人冯子振有过详细的描写:

擎天一柱碍云低，

破暗功同日月齐。

半夜火龙翻地轴，

八方星象下天梯。

光摇潋滟沿珠蚌，

影塔沧溟照水犀。

文焰逼人高万丈，

倒提铁笔向空题。

到了明代，作为"前七子"之首的大文人李梦阳登游开封铁塔，又大发感慨，赋诗赞颂开封铁塔：

铁塔峙城隅，

落日影东湖。

登天盘内蹬，

川平愈觉孤。

风袅垂帘铎，

云栖覆顶珠。

何年藏舍利，

光彩射虚无。

另外，明代李濂有二首赞颂开封"铁塔"的诗，也将"铁塔"写得美轮美奂：

（一）

宝塔凭虚起，

登游但几重？

中天近牛斗，

平地涌芙蓉。

牖入黄河气，

檐低少室峰。

妙高无上境，

卧听下方钟。

（二）

塔影午氤氲，

名香八面开。

盘梯失白昼，

绝顶俯层云。

外见莲花色，

中藏贝叶文。

髫游今不倦，

为喜出尘氛。

"天下第一塔"——开封"铁塔"还有一种超强的威武不屈的性格，有点像中华民族的脊梁，任何外来的势力都是压不垮的。

历史上记载开封"铁塔"遭受过多次雷击，最严重的一次是北宋神宗元丰八年（1085）。当时北宋全国的科举考试就在开封"铁塔"坐落的开宝寺举行。科举考试刚开始，天空中突然电闪雷鸣，开宝寺被威力巨大的雷电击中，顿时燃起冲天大火。巨大的雷击和冲天大火烧死了开宝寺里很多应考的考生，也摧毁了开宝寺里的许多建筑，但高耸入云的"铁塔"却安然无恙，高高地挺立着。开封铁塔建造在黄河之滨，而开封一段的黄河又称"悬河"。"悬河"居高临下，时常淹灌开封。最惨的一次是明朝崇祯十五年（1642），李自成领导的农民起义军正在围攻开封，不知谁扒开了黄河（历史上说法不一，有人说是义军，有人说是官军）。黄河当时正值秋汛，水势最大、最猛，一下子把开封城彻底淹没，光城内被淹死的人就有好几十万，城内几乎所有的建筑都被洪水摧毁，但开封"铁塔"还是照旧挺立，稳若泰山纹丝不动，除了宽大的底座被黄河淤泥埋入地下，挺拔的塔身一直傲指云天。另外，开封"铁塔"还遭受过多次暴风、冰雹、人为等多种大灾大难，但都一一挺过来了。

开封"铁塔"遭受人为灾难最严重的应该是日本侵略军的炮击。1938年的端午节，侵华日军分两路向古城开封逼近。日军登上开封的东北方向的护城大堤时，用望远镜往城内观看，首先发现了巍巍挺立的开封"铁塔"。为了摧毁开封城内这一制高点，日本军官下令用多门大炮对开封"铁塔"进行炮击，同时出动飞机，用飞机上的机关炮对开封"铁塔"进行抵近摧毁。一时间，开封"铁塔"伤痕累累，饱受磨难。后来统计，开封"铁塔"中弹62处，第八层、第九层遭到严重损坏。尽管遭到严重损坏，但开封"铁塔"却奇迹般一直挺立着。任凭弹雨横飞，我自岿然不动！

1952年的10月30日，中华人民共和国主席毛泽东来到高耸入云的开封"铁塔"前，看到"铁塔"上有几个大黑窟窿，问当地官员是怎么回事，当地官员回答说是日本人用大炮轰的。毛泽东沉思良久，掷地有声地说："这个'铁塔'名不虚传，代表我们中国人民，是打不倒的。他们把它打不倒，我们把它修起来！"事后，中华人民共和国文化部拨专款21万元，对开封"铁塔"进行了全面修复。1961年3月4日，开封"铁塔"被中华人民共和国国务院命名为第一批

全国重点文物保护单位。

铁塔的故事

倾斜铁塔牵姻缘

如果你站到开封"铁塔"近前仔细观看，你会发现它那高高挺立的塔身有点斜。经专家测量，开封"铁塔"的塔身确实向西北方向倾斜，塔尖倾斜度偏离塔座中心线为80多厘米。那么高的塔身怎么会倾斜呢？这里有一段传奇的故事。

"灵感木塔"被雷电摧毁之后，宋仁宗下令又建造了一座用琉璃砖砌成的"铁塔"。"铁塔"建成之后，许多人发现"铁塔"高高的塔身往西北方向倾斜。一传十、十传百，没有多长时间京城大量的老百姓都知道了新建的"铁塔"是一座斜塔，许多人谈"塔"色变，说弄不准哪天哪月哪日那冲进云端的"铁塔"会一下子倒塌下来，尤其是居住在"铁塔"西北角的住户，纷纷把房屋拆掉，搬到其他地方居住，生怕那高入云端的"铁塔"会塌下来，砸死他们。没有多长时间，"铁塔"西北角的方向，一下子成了一片无人居住的荒凉之地。就在这个时候，偏偏有一户不怕死的人家，趁机搬到了紧靠"铁塔"西北住了下来。许多人都说这户人家的主人傻，而这户的主人却大嘴一咧，笑笑说："我倒要看看，这'铁塔'是不是真的会倒下来。"

这家不怕死的主人姓喻，人称喻老公。喻老公有一个漂亮的孙女叫秀姑。喻老公和孙女秀姑在那"铁塔"的西北角一住就是好几年，始终也没见那"铁塔"塌下来。

有一位进京赶考的秀才听说此事，觉得蹊跷，便带着书童前去观看。秀才不看便罢，一看竟吓出一身大病来。秀才看见喻老公和秀姑的房子就建在那冲天而起的"铁塔"的西北角之下，而那巍巍入云的塔身就是往西北方向倾斜，看样子随时都有倒塌的危险。秀姑是位漂亮无比的姑娘，要是当真被"铁塔"砸死，那是多么可怕、多么可惜的事情啊！

秀才不仅有学问，心眼儿也好，跑到喻老公的家里，苦口婆心地劝他们爷俩搬家。喻老公的性子很犟，任凭秀才磨破嘴皮子就是不搬家。秀才费了半天的口舌也没有说服喻老公，只好叹着气走了。

秀才回到客栈还一直想着此事，夜里做梦就梦见那"铁塔"塌下来，砸死了喻老公爷俩，秀才吓出一身冷汗，一下子就病倒了，躺在客栈的床上不能起来。书童跑到秀姑家，把这一情况给她说了。秀姑叹了口气，说："公子都是为我们爷俩担心才吓出病来的！"

秀姑不仅人漂亮，心眼儿也好，恳求爷爷为秀才治病。喻老公沉思了一下，对着前来的书童如此这般说了一番话。

书童按照喻老公的交代，回到客栈，对躺在床上的秀才大惊失色地说："大事不好！大事不好啊！""出了什么事，让你如此惊慌？"秀才不明白地问。"那……'铁塔'塌……塌塌塌……塌了！"因为紧张，书童说话有些结巴。"'铁塔'塌了，砸着秀姑的家了吗？"秀才吓了一大跳，急忙翻身坐起，急切地问。"没……没有。"书童定了定神，说："昨日秀姑家搬走了，今日那'铁塔'就塌了！""真是万幸啊！""那秀姑正是听了公子的劝告才搬家的。她说还要来谢你哪！""好啊！我这就起床，梳洗打扮一番。"秀才一激动，身上的病一下子全好了，翻身下床，洗脸穿衣，忙活起来……不一会儿，秀姑让爷爷陪着，果然到客栈看望秀才来了。秀姑羞答答地上前对秀才说："多谢公子好心相劝，小女子才躲过横祸，捡了一条命啊！"秀才不好意思地说："只要姑娘没……没事，我……我就放心了！"一旁的喻老公此时却哈哈大笑起来。秀才不明白地问："老人家你笑什么？"喻老公没有回答，而是走到窗前，打开窗户，对秀才说："公子，你往那里看。"秀才的目光透过窗户，往"铁塔"的方向一看，又吃一惊。那高高矗立的"铁塔"好端端的，昂首挺立，站在老地方一动不动，哪里会有倒塌的迹象！"这……这这这……'铁塔'没有倒？"秀才张口结舌，不知说什么好。喻老公又是哈哈大笑，手指着远处的"铁塔"说："这'铁塔'牢固得很，1000年也不会倒塌！""1000年都不会倒塌？你怎么知道？"秀才有些不相信。秀姑过来插嘴说："因为这'铁塔'就是我爷爷建造的。"原来这位喻老公，就是当年造"灵感木塔"的能工巧匠喻浩的后代。设计建造"铁塔"时，他考虑到开封城的西北风多，就因势造形，特意把"铁塔"造得向西北方向微微倾斜。后来，秀才和秀姑结成了夫妻，继续在开封"铁塔"的西北方向住下去。这就是在开封民间广为流传的"倾斜'铁塔'牵姻缘"的故事。

铁塔出嫁

冯玉祥大将军主豫的时候，看见开封的街头有许多乞丐。当时正值军阀混战，古城开封几经浩劫，早已是遍体鳞伤、百业萧条。许多无家可归的难民流落街头，衣不蔽体，痛不欲生。冯玉祥看到这样凄惨的景象，有意救救这些可怜的难民，可自己一生清贫，又拿不出多余的钱财帮助他们，心里很不是滋味。这天，冯大将军无意之中看到开封那高大的"铁塔"，顿时想出一条妙计来。

傍晚，冯玉祥带着整整一个排的卫兵来到开封城里一家豪华气派的珠宝绸缎商行——龙凤祥。龙凤祥的老板姓刘，外号"刘财神"。"刘财神"不仅有钱，并且好色，身边有好几个姨太太。"刘财神"生性奸猾，极会投机钻营，巧取豪夺。他坑害顾客，欺诈百姓，借着军阀混战大发国难财，身价上百万。"刘财神"听说河南督军冯玉祥亲自登门拜访，真是有点受宠若惊，喝退身边几位姨太太，急忙打扮一番，在二楼雅致的小客厅里和贵客相见。

打了招呼之后，冯玉祥开门见山地对"刘财神"说："今日我冯玉祥来跟刘老板攀亲戚来了！""攀亲戚？""刘财神"有点儿丈二和尚摸不着头脑，左思右想，怎么也想不起来和跟前这位赫赫有名的冯大将军有什么亲戚关系。冯玉祥哈哈一笑，解释说："我在外边收养了一个干女儿，个子挺高的，今年已经13岁，跟在我身边不方便，我想把她早早嫁了。""哦——"绝顶聪明的"刘财神"有点明白过来，不好意思地说："可鄙人犬子今年已经 16 岁了呀！""16 岁好！男大三，抱金砖嘛！""刘财神"在心里笑："这个冯督军，真是个大老粗，人人都说'女大三，抱金砖'，他却要偏偏反过来说。""刘财神"转念一想："嘿，管他女大三还是男大三，抱不上金砖，能抱上冯玉祥的大粗腿那才是大福大贵呢！谁不知道，这冯玉祥虽是个大老粗，可手里有兵权，又是河南督军，听说还和蒋委员长是拜把兄弟，要是当真和他攀上亲，那可是前途无量、名利双至啊！生意上的事情不用说，说不定自己还能在官场混个一官半职呢！当了官，那钱财来得更容易。谁都知道：'三年清知县，十万雪花银'嘛！"想到这里，"刘财神"欲擒故纵地说："可是……我家犬子长得很一般，和冯督军的爱女能否相配？""相配！相配！"冯玉祥高声大气地说，"你儿子长得很一般，我的养女也很平常，个子虽高，但皮肤挺黑的。""皮肤黑不算毛病，来到我家细米白面调养一阵子就白了！""这么说刘老板同意了这门亲事？""冯督军亲自上门提亲，鄙人怎敢不答应？""那……咱们今天就把这门亲事给定下来。""只要冯督军乐意，鄙人也就只好服从了！不知冯督军打发闺女出嫁要……要多少彩礼？"冯玉祥笑笑，没吭声，伸出 3 个指头在"刘财神"的眼前晃了晃。"刘财神"问："3000块现大洋？"冯玉祥摇头。"刘财神"又问："难道是3万块现大洋？"冯玉祥还是摇头。"刘财神"吃惊地再问："不会是30万现大洋吧？"冯玉祥这次点了点头。"刘财神"倒吸一口凉气，说："30万现大洋，也……也太贵了吧！"冯玉祥认真地说："30万现大洋一点儿也不贵，你不想想，你的少爷若是能娶上我的女儿，可是前途无量啊！别说是30万，就是300万也不止啊！""刘财神"仔细想想："就是这个理啊！能和冯玉祥这样的人攀上儿女亲家，区区30万彩礼不算多啊！那日后的进账可不是以十万之数字而计啊！"想到这里，"刘财神"双眼皮急剧地眨了几下，一咬牙，对账房先生说："去，给冯督军开个30万元的银票！"冯玉祥拿了30万银票之后也干脆，一点儿也不含糊地对"刘财神"说："三日之后，我就把干女儿嫁出去，婚礼就定在开宝寺举行。"

3天后，冯玉祥和"刘财神"都按时守约来到开宝寺。冯玉祥带着他的贴身卫队，"刘财神"带着他的亲儿子。开宝寺一下子热闹起来，站满了黑压压观看的人群。等了半天，也没见冯玉祥的干女儿到来，"刘财神"有点儿纳闷起来，便忐忑不安地问冯玉祥："冯督军，你的干女儿怎么还……还没来啊？"冯玉祥双手叉腰说："来了，她早就来了！""早就来了？她在哪里？""那不，她就在那里，她一直就站在那里！""刘财神"顺着冯玉祥的手指观看，止不住又倒吸了一口凉气。好乖乖，冯玉祥手指的竟是那高耸入云的黑"铁塔"。冯玉祥挺认真地对"刘财神"说："我没骗你吧！我的干女儿个子高高的、皮肤黑黑的，年龄正好13岁（铁塔为13层）。好啦！我的事完啦！你就把她给娶走吧！"说完，冯玉祥带着卫兵，坐上汽车，一溜烟儿地走了。"刘财神"和他的亲儿子大眼瞪小眼，瞪了半天也没醒过神来。等冯玉祥的汽车没了踪影，"刘财神"终于醒过神来，双脚跺地，手指着冯玉祥消失的方向，声嘶力竭地说："冯……冯玉祥，你……你个大……大骗子！"

"铁塔出嫁"是一个真实的故事，后来冯玉祥用"铁塔出嫁"换回来的30万现大洋扶贫救贫，还为开封的难民办了一所救济院，同时也对残破的铁塔进行了维修。

至今，巍巍高耸的"天下第一塔"——开封"铁塔"仍然昂首挺立在开封城的东北角，历经千年风雨而不倒，成为汴京八景中"铁塔行云"的壮观景色。

"铁塔"太美啦！一首不亚于范仲淹的《岳阳楼记》的《铁塔赋》从钱九韶的笔尖里流出：

铁塔赋

若夫汴国城中，上方苑里，舍利深藏，浮图卓起。下磐地轴，河岳为之周旋；上耸天关，角亢为之牵倚。疑是洪炉铸出，铁色荧荧；恍从灵鹫飞来，宝光累累。涂膏衅血，曾稽缔构之年；挞鬼鞭神，乃是经营之始。

犹忆宋世欲衰，留心祈祷；土木烦兴，佛宫广造。金缯岁月，偏有余闲；花石君臣，更多慧巧。十方之技，萃于中州；五行之车，弥于周道。神工诡巧，已上震天心；宝塔嶙峋，乃高超乎云表。

或以道君前世，原是如来；因而输子后身，重生喻浩。尔乃磐云霞以为级，敲日月以作龛。驾虹桥而直上，凌鸟道而远探。铃铎叮咚，响流天籁；舳樯煜耀，彩射山岚。极巧穷工，阿育王无此愿力；凌云切汉，多宝塔逊其穹堪。三十六丈之奇，原偏西北；七百余年之后，渐倚东南。

夫涂垩金碧，俨借力于天龙；耗竭菁华，欲乞灵于象教。是宜玉清宫阙，同塔影而常贞；艮岳莺花，借塔光而永耀。

何以北来戎马，频嘶城外秋风；南渡帆樯，忽泛江中晚照。十三层释迦之宇，奉若诸天；八九叶帝王之州，弃如败灶。晨钟暮鼓，空听袆子梵音；夕霭朝霞，只供游人凭吊。

当夫好雨初晴，天光如沐。攀雁塔之峨峨，绕螺磐之曲曲；登绝顶而放怀，望中原而极目。落藜堤外，花色流红；练子坡前，草光含绿。关城一线，排雉堞于四周；楼阁万家，攒蜂房于一簇。涛声北折，才看河曲三三；爽气西来，又见嵩峰六六。

抑或霜清汴水，雪满梁园。藉寒光而戾止，御朔吹而攀援；盼同云之羃历，眺飞絮之翩翩。邹枚作赋之乡，粉妆世界；李杜登临之处，玉作乾坤。珠水银桥，隐映信陵之墓；琪花瑶草，迷离朱亥之村。何处梅香，度过堤旁小院；一林竹翠，压来郭外柴门。

更有皎月当空，银河横影。柰园宵深，禅关漏永。赏佳节于中秋，燃香灯于静境。千门朗耀，灿华焰之辉辉；八面玲珑，聚繁星之耿耿。涌来宝树，焕贝叶于金绳；坠下天花，绽莲房于玉井。飘零遗烬，浑如万点萤光；闪烁余明，犹照一行雁影。

千年古刹居闹市

综观中国有名气的千年古刹，大部分都安居在比较偏远、比较僻静的地方，而开封大相国寺却偏偏一直坐落在繁华闹市的中间，不能说不是一件奇怪的事。其实说奇怪也不奇怪，因为开封大相国寺的历史太悠久，太悠久的历史中，开封的大相国寺一直和闹市有关。

《宋东京考》卷十四中有这样一句话："东京相国寺乃魏公子无忌之宅，宋时地属信陵坊，寺前旧有公子亭。"由此可见，开封大相国寺的历史最早可追溯到2200多年前的战国时期的魏国。魏公子信陵君是中国历史上出了名的人物。流传千古的"窃符救赵"的历史故事就和他息息相关。信陵君在当时的社会上是一位赫赫有名的卓越人物，他与战国时期名扬天下的齐国的孟尝君、楚国的春申君、赵国的平原君，合称为"战国四公子"。信陵君去世后（信陵君没有后代），人们为了纪念他，便将他遗留在闹市中的府院改为庙宇，在庙宇前修建"公子亭"。北齐天保六年（555），文宣帝高洋登基后，特意到"公子亭"前拜访，并下令将庙宇扩建为寺院，并赐寺名"建国寺"。

开封大相国寺的前身便是"建国寺"。

"建国寺"当时就身居闹市，后来遭遇大火，一时消失。

到了唐代，"建国寺"又重见天日。

唐朝的武则天当权后，大力崇尚佛教，使佛教在中国得到空前发展，许多名僧云游各地，在各地建立了不少名刹古寺。

一位名叫慧云的僧人从湖南来到汴州（当时开封称汴州），住到"繁台"。"繁台"也是开封古代的一处名胜，直到如今，汴京八景中还有"繁台春色"的重要席位。

一天夜晚，慧云在"繁台"静坐诵经，突然发生了一件不可思议的事情：在汴河北岸的一个地方，一股紫气缓缓升起，紫气翻腾中但见"澜漪中有天宫影，参差楼阁，合沓珠璎，门牖彩绘，而九重仪像，逶迤而千状，直谓兜率之宫院矣"。

慧云吃惊不小，认为紫气翻腾的地方出现非凡的仙境（也许是当时瞬间幻觉出现的海市蜃楼的情景），定会是一个非凡的风水宝地，因此就用锡杖往那里一指，下定决心说："定要在那里建一座天下闻名的寺院！"关于慧云高僧在汴河北岸看到异常天象的事情，《宋高僧传》中有明确记载：慧云"企望隋河（即汴河）北举，有异属气天"。

第二天，慧云就赶到汴河北岸紫气翻腾的地方进

行实地考察，发现那里竟是歙州司马郑景的宅园。慧云说服郑景，决定在此处建造一座庞大的寺院。

寺址选定之后，慧云就四处筹集资金，开始建寺，但他八方奔走，多处募集，所化募的资金还是非常有限，离建成一座寺院的距离相差甚远。百般无奈之下，慧云只好以超越常人之努力，以"苦行"而求速成。时值隆冬腊月，天寒地冻、大雪纷飞，慧云和尚冒雪单衣打坐街头，向世人表达他真心建寺的宏愿大志。白雪皑皑，银装素裹，一个身着单衣的苦行僧在汴州的街头端坐，一坐就是三天三夜，并且纹丝不动。史书中有记载慧云在风雪中打坐的真实文字，说他"至三昼夜，八风不动"。

慧云的苦心终于打动了众多人，众多人纷纷慷慨解囊，最终解决了建寺的资金问题。景云二年（711），慧云正式着手建寺，并把寺名定为"福慧寺"。在开挖新寺的地基时，工匠们挖到一块石碑，经鉴定为当年建国寺的石碑。人们惊喜地发现，那石碑上不仅清楚地记录了北齐建国寺的建寺情况，并且还特别记载了此地就是当年魏国公子信陵君的故宅。慧云高僧感慨万千，决定把"福慧寺"改名，仍然用"建国寺"对新寺进行冠名。新的建国寺还没有建好，一个不好的消息迅即传来：圣上传旨，全国尚为建好的寺院一律停工拆毁。眼看着付出的 10 多年心血将要付水东流，慧云高僧心如刀绞。

京城的礼部尚书王志愔奉圣旨来到中原汴州，召集上千人工，准备从速拆毁正在建设的新建国寺。慧云百般叩求，请求放过新建的建国寺，礼部尚书毫不动摇，坚定维持圣命，对新建的建国寺进行彻底拆毁。山穷水尽、无计可施的慧云只好跪到巨大的弥勒佛像前："泣泪焚香，重礼告曰：若与此有缘，当见奇瑞，策悟群心。"奇迹终于发生了，随着慧云极度虔诚的祷告，巨大的弥勒佛像"大放金光，照耀天地"。《五代名画补遗》中详细记载了这一奇特现象："佛面现白毫金相瑞光，上烛于天。"亲眼看到这一奇特现象的礼部尚书王志愔也害怕了，生怕佛祖当真显灵，要了众多拆寺人的性命，急忙下令停止拆寺，飞马跑回京都，向圣上汇报。当时唐朝的皇帝是唐睿宗，唐睿宗是以旧封相王登上皇帝宝座的。说来也凑巧，就在礼部尚书王志愔返京汇报的那天晚上，唐睿宗做了一个稀奇古怪的梦，他在梦中也梦见了弥勒佛像大放金光。听了礼部尚书王志愔的汇报，唐睿宗觉得这是天意，天意难违，那就只好放过汴州新建的建国寺了。新建的建国寺终于保住了，不仅保住了，并且还因祸得福。唐睿宗重新下诏，不仅不拆毁新建的建国寺，还要投入国家财力物力，大肆扩建新的建国寺。皇上一声令下，那还了得！汴州新建的建国寺迅速落成，并且规模庞大而豪华。庞大而豪华的新建国寺建成后，皇上唐睿宗为了纪念他从原来相王的位置登基，便下诏将寺名更改为"大相国寺"，并亲题"大相国寺"寺额，高悬于大相国寺的山门之上。从此，汴州的大相国寺便名扬天下，大相国寺的寺名一直沿用到今天。

关于大相国寺的寺名，还有一段神话般的传说：唐太宗李世民一日醉酒，灵魂进入阴曹地府，经过十八层地狱，走过"奈河恶水""血盆苦界"，来到"枉死城"，遇到一群枉死的冤鬼拦路，冤鬼们向李世民要钱，李世民身无分文，非常着急。这时候判官告诉他，有人在阴间存了13库金银，你可以借他一库，待你还魂回到阳间之后再还他。李世民满口答应，急问那人是谁，判官告诉他：那人是河南开封府人氏，姓相名良。李世民立刻写了字据，亲手画押，借了那人一库金银送给冤鬼们才算过去了"枉死城"，奔上平阳大路，走出鬼门关，还魂到人间。李世民还魂之后，立即让尉迟恭押送一库金银，前往河南开封府，寻找相良还债。尉迟恭押送着一库金银，来到河南开封府，找到相良之后大吃一惊，那个在阴间存了 13 库金银的相良在阳间竟然是个以卖水为生的穷老汉，他就是爱做好事，行善于人，把一辈子挣的钱全都用在了行善积德上。尉迟恭吃惊归吃惊，但还是要遵守圣命，把自己押送的一库金银原封不动地交给那个在阴间是大富翁、在阳间是穷老汉的卖水老汉相良。相良老汉说什么也不敢要，尉迟恭只好奏报李世民，李世民思索良久后下旨，用那一库金银为那个叫相良的人建一座寺院，起名就叫"相国寺"。这就是后来的"大相国寺"。关于这段神话传说，在中国的四大名著《西游记》的第十一回、第十二回中被明代大作家吴承恩描绘得有声有色、淋漓尽致。

唐代的大相国寺可以说是当时天下最大、最豪华的一座寺院，寺院里的"排云阁""普满塔"都是当时天下闻名的巨大建筑。"排云阁"高达 300 尺，五檐滴水，雄丽无比。"普满塔"高 13 层，宏伟俊奇，直冲云天，成为当时汴州城内最高的建筑。关于唐代大相国寺的历史盛名以及寺内雄伟豪华的建筑，唐代翰林大学士李邕所撰写的《大相国寺碑》中有较为形象的概括和详细的描述。有关大相国寺的历史与盛名，李邕用四句话高度概括："真容见寺（指唐睿宗梦见大相国寺中的弥勒佛），先帝书额（指唐睿宗为大相国寺书寺额），藩邸鸿名（指唐睿宗未登基时

被封为相王，大相国寺的寺名应用了相王府一部分名称），建国前迹（指大相国寺的前身为建国寺）。"有关大相国寺寺内的豪华建筑，李邕是这样形象描述的：

棋布黄金，图拟碧络，云廊八景，雨散四花，国土盛神，塔庙崇丽，此其极也。虽五香紫府，太息芳馨，千灯赤城，永怀照灼，人间天上，物外异乡，固可得而言也。

唐代的大相国寺壮丽无比，但好景不长，因为寺内的高大建筑均无避雷设施，所以时常遭到雷电的袭击。其中最为惨烈的当属唐昭宗大顺二年（891）的那次灾难。当时大相国寺寺内的高大的"排云阁"遭到雷击，而后引起大火，大火又引燃了寺内的其他建筑。大火一直熊熊燃烧了三天三夜，把寺内有名的"排云阁""重楼三门""七宝佛殿""文殊殿走廊"等400余间房屋建筑全部烧成灰烬。

到了北宋，大宋王朝定都东京开封，东京开封成了世界上闻名的政治、军事、文化的中心，政治上比较稳定，经济文化大繁荣，各种宗教也都空前活跃，在这样大繁荣、大发展的特殊环境中，开封的大相国寺也顺势再度崛起。

宋太宗时代，开封的大相国寺开始了又一次大规模扩建。这次大规模扩建，一直延续到宋真宗咸平四年（1001），历时七年之久。重新修建的开封大相国寺一时又成为天下闻名的巨大古寺。关于宋代重修开封大相国寺的情况，宋白所撰写的《大相国寺碑铭》中有文字记载："百工麇至，众材出积，岳立正殿，翼舒长廊，左钟曰楼，右经曰藏。所拔层阁，北通便门，广庭之内，花木罗生。中庑之外，僧居鳞次……其形式之雄，制度之广，剞厥之妙，丹青之英，星繁高手，云萃名工，外国之稀奇，八方之异巧，聚精会神，争能脚胜，极思而成之也。"

宋代的大相国寺的中轴线上是由一系列高大无比、宏伟壮丽的楼阁殿宇所组成，由于寺内僧人众多，大相国寺划分为64个禅、律院。宋代的大相国寺还被称为"皇家寺院"，为什么被称为"皇家寺院"呢？据说和北宋的开国皇帝有密切联系。宋太祖赵匡胤"黄袍加身"后曾到大相国寺巡视，来到佛祖的像前问寺内的方丈当拜不拜？方丈回答说不拜。太祖问为何不拜？方丈说佛祖是过去佛，皇上是现在佛，现在佛不必再拜过去佛。自此以后，宋朝的皇帝见了佛祖像便不再去跪拜。太祖被大相国寺的老方丈称为"现在佛"，又亲眼看见在"陈桥兵变"中他的家人得到了大相国寺僧人的很好保护，心里非常高兴，立即对大相国寺进行赏赐，并亲手写下"皇家寺院"4个字送给方丈收藏。不管这些故事的真实程度有多高，但从宋太祖开始，几乎北宋的各位皇帝都多次巡视大相国寺，对大相国寺宠爱有加，并拨国库之财对其进行多次维修、扩建，使大相国寺又一次成为全国闻名的"第一寺院"和"皇家寺院"。宋代的大相国寺具有"皇家寺院"气派的具体表现还有一个佛教行政管理上的标志：朝廷管理全国各地寺院的佛教行政最高官员左右司僧录都住在大相国寺寺内。左右司僧录负责委派全国各大名寺的住持僧侣。

宋代的大相国寺还是一座巨大的艺术宝库，里面不仅拥有辉煌无比的高大建筑，还有极其珍贵的壁画和塑像，比如吴道子画的文殊维摩像、杨惠之雕塑的净土院大殿神佛、石抱玉画的护国除灾患变像等，尤其是那神奇莫测的五百罗汉雕像，更是值得一提。五百罗汉雕像集聚在大相国寺内一座八角形的琉璃殿里。八角琉璃殿也称罗汉殿，是由内外两部分建筑所构成。里边的部分为一种八角形的天井院，天井院的中心有一个同样是八角形的木质高亭；外边的部分为一种还是八角形的巨型回廊，八角形的巨型回廊里安放着 500 尊形态各异、各有千秋的罗汉雕像。奇就奇在这五百罗汉上。你如果走进这五百罗汉群里，不管你是男是女、是老是少，总能找出一尊和你长相、表情极相似的罗汉来。八角琉璃殿里还有一尊天下罕见的"千手千眼佛"。八角亭中有一高 0.85 米的须弥座，须弥座中挺立着一尊高大的"千手千眼佛"。"千手千眼佛"是由一棵巨型的白果树精雕而成。"千手千眼佛"是一尊全身贴金、高达 7 米的观世音菩萨像，四面四身，四面造型，每面各有大手 6 只，最上面两只手高擎一释迦小佛，像胁间成扇状分布着大大小小的胳膊和手掌，有的 28 只为一层，有的 29 只为一层，南北两面各为 4 层，东西两面各为 3 层，每只手掌中都有一只眼睛，整尊佛像共有 1048 只手和 1048 只眼，俗称"千手千眼佛"。

　　唐宋时期的开封大相国寺还是中国佛教与世界各国佛教频繁交往的重要寺院。日本真言宗的开山祖师弘法大师海空、天台宗高僧成寻先后远渡重洋，来到大相国寺学习佛经和绘画；印度王子曼殊室利跋山涉水，不远万里到大相国寺探求中国佛教的真谛；朝鲜以及东南亚的许多佛教徒也都纷纷来到大相国寺，进行佛教界的交流，互相学习……

　　开封的大相国寺在宋代达到了鼎盛时期，元人陈孚在《登相国寺资圣阁》中写道：

大相国寺天下雄，

天梯缥缈凌虚空。

三千歌吹灯火上，

五百缨缦烟云中。

到了明代，开封的大相国寺仍然极其壮观，寺中的"圣容殿"被称为"神工"。明人撰写的《如梦录》中记载了"圣容殿"的雄姿："大殿地基六亩三分，纯木攒成，不用砖瓦，九明十一暗，四六隔扇，上盖一片琉璃瓦，脊高五尺，兽高丈许，铜宝瓶高大无比，匾曰圣容殿……此殿正上六梁，前后柱共七十八根，结构奇巧，传为神工，中原一宝也。"

开封是饱受黄河淹灌的城市，而位居闹市中心的大相国寺更是难逃水患，尤其是明末崇祯十五年（1642）那次特大的洪水灾难。黄河水滚滚而下，彻底将开封城埋葬在泥沙之中，高大的大相国寺殿脊仅剩下丈余。清人钱纶一的一首五言律诗，形象地描述了那次大相国寺被水淹后所遗留下的惨影：

古寺虽经废，

残基历历明。

沙痕侵梵座，

苔色接孤城。

衣狗浑成梦，

沧桑类转萍。

偶来凭眺者，

惆怅不胜情。

　　到了清代，开封大相国寺又受到了多次大规模的整修。清代的统治者们为了禁锢百姓的思想，也开始鼓吹和提倡佛教活动。从清顺治十八年（1661）到清光绪二十年（1894），清政府先后9次拨款对开封大相国寺进行全面维修，其中以乾隆三十一年到三十三年（1766—1768）之间的修葺规模最大。当时的清朝政府专门拨库银上万两，对开封的大相国寺进行了重修。这次重修，重点修建了开封大相国寺的山门、钟鼓楼、接引殿、罗汉殿、藏经楼、观音阁、地藏阁、西院各配殿、戒坛等。乾隆皇帝还亲赐大相国寺碑文匾额。到了民国，由于年久失修，开封大相国寺又逐渐陷入破落、混乱的状态。

　　解放后，人民政府对身居闹市的开封大相国寺进行了全面的修复和扩建，动员搬迁了寺中的大批居民，先后增建了牌坊、围墙、廊房，修葺了天王殿、大雄宝殿、八角琉璃殿、藏经楼，增塑了四大天王、弥勒佛、五百罗汉等神佛像，使破落混乱的千年古刹焕然一新、重现生机。

"相国霜钟"是开封大相国寺里的绝妙景致，也是"汴京八景"中的重要一景。大相国寺的大门内有钟亭，钟亭里悬挂巨钟一口，钟高 8 尺，紫铜铸造，重达万斤。巨钟上刻有 16 个字："法轮常转，皇图巩固，帝道遐昌，佛日增辉。"巨钟在霜天叩击，浑厚而洪亮，声震中天，传遍百里……

大相国寺的故事

吴带生风

吴道子是唐代一位杰出的画家，他才华出众，作画速度极快，被人们尊称为"画圣"。

唐代的开封大相国寺辉煌无比，可偏偏缺少了一幅出众神奇的佛教人物壁画，老方丈思忖多日，决定聘请当代"画圣"吴道子来寺院完成这一创举。"画圣"吴道子欣然答应，按约定日期来到开封的大相国寺内。

吴道子是"画圣"，寺院的人都很敬重他，老方丈特意派了一位精明的小和尚智远跟随吴道子，为吴道子打杂，伺候吴道子。

按说，画佛教人物的壁画是吴道子的拿手好戏，不用费太大功夫就可满足老方丈的心愿，但是吴道子毕竟是"画圣"，心里知道这次来开封大相国寺作画非同一般，大相国寺里人杰地灵、藏龙卧虎，稍有不慎，便会毁了自己的声誉。吴道子这样想着便决定不能贸然下笔，不画就不画，一画就要一气呵成，惊天地、泣鬼神，画出一幅举世无双的神奇画作来。有了这种想法，吴道子在大相国寺里一住就是两个月，整日吃喝玩乐，观景看佛，一点儿也不着急那壁画的事情。这下子可急坏了伺候他的小和尚智远。智远几次催问吴道子："吴大师，您何时动笔作画呢？"吴道子总是哈哈一笑，胸有成竹地说："不急！"

一晃 3 个月过去了，开封的大相国寺迎来了又一个酷暑难熬的盛夏三伏天。寺里热浪滚滚，僧人们都热得汗流浃背。小和尚智远特地从很深很深的水井中为吴道子打来凉凉的井水让他洗脸擦汗，消暑去热……这天夜晚，天气依旧闷热，但圆圆的月亮却升起来了，满天的银辉洒满了寺院的各个角落。吴道子慢慢来到菩提树下，双眼凝视着天空中的明月久久地出神。小和尚智远站在远处观看，吓得连大气也不敢出，生怕惊动了全神沉思的吴道子。小和尚智远有种预感：一件惊天地、泣鬼神、神奇绝妙的事情就要发生了……

果然不出小和尚智远所料，到了半夜时分，奇迹果然发生了。吴道子手握画笔，快步来到寺院宝奎殿的白壁前，两目生辉、神笔舞动、动笔生风，时间不久，一幅栩栩如生的文殊维摩佛像便在宝奎殿的白壁上出现了。但见那文殊维摩佛头悬酷月，华光四射，衣袂飘然，飒飒起风……小和尚智远简直看傻了，止不住在心里惊叫："真是神笔啊！"

吴道子在宝奎殿的白壁上画完文殊维摩佛像之后，顿觉倦意袭身，扔下画笔，回到住室，呼呼大睡去了。小和尚智远惊喜万分，急步跑向方丈室，向老方丈报喜去了。

天色渐明，月光渐弱，一抹曙光从东方天际悄悄地显露出来。老方丈领着几位老和尚在小和尚智远的带领下，来到吴道子作画的宝奎殿白壁前。老方丈和老和尚们一下全惊呆了，一幅文殊维摩菩萨像在殿内暗淡的光线下，若隐若现地浮动在他们眼前。此时正是炎热季节，老方丈和老和尚们又是快步急走，身上难免有汗水淋漓，但他们一看见文殊维摩菩萨的画像，顿时觉得身上凉快了许多，不仅凉快了许多，还感觉到有阵阵凉风徐徐吹来，细细观看，但见文殊维摩菩萨的丝带微动，衣袂飘然，那阵阵凉风正是从文殊维摩菩萨的身上吹过来的。再看文殊维摩菩萨的面孔，神色庄重而深沉，满脸都溢淌着无限的慈悲和怜悯，尤其是菩萨的眼，好似有无穷无尽的穿透力，无论你躲在什么地方，那充满善慈、充满爱怜的目光都会看到你。老方丈和老和尚们顿时醒悟，他们觉得此时文殊维摩菩萨正在施展法力，急忙跪地叩拜，齐呼："善哉！"老方丈站起身，领着老和尚们从殿里走出来，仍觉得背后文殊维摩菩萨的画像有阵阵凉风在送行，老方丈回身又看了一眼那衣带飘然的文殊维摩菩萨画像，惊叹："吴道子乃是神笔，吴带生风啊！"

自此以后，吴道子在开封大相国寺所画的壁画文殊维摩菩萨像被人们奉为神品，同时成为大相国寺的镇寺之宝，而"吴带生风"的故事也在大相国寺的里里外外广为流传。

通海井

开封古代地势低洼，盐碱浸蚀，水质苦涩，在地下打井打出来的水都有一股咸涩的味道，可偏偏在开封大相国里有一口甜水井，甜水井里打出来的水清澈透明、甘洌清爽，不仅好喝，还能治病，大相国寺的僧人们以慈为善，时常打取一些井里的水为一些贫穷的病人熬药治病。大相国寺里的这口水井为什么这么奇特呢？据说它和大海有关，是一口暗藏的"通海井"，甚至有人有鼻子有眼地说那"通海井"里的水就是通过地下很深很深的暗道，从东海里流过来的。这种说法没有人也没有办法去进行考证，但开封大相国寺的大雄宝殿里，以前确实有一口很深很深的甜水井，有僧人说那水井里的水是从东海流过来的不假，但开始并不甜，后来怎么会变甜呢？那是因为大雄宝殿里时常有无数的高僧大德清凉人心的梵唱，天长日久，使井里的水得到无上的加持，才慢慢变甜的。关于开封大相国寺里的这口神秘的"通海井"还有一段颇为传奇的故事呢！

很早的时候，一个盛大的"佛诞节"来临了，开封大相国寺里照例要举行庆典活动。庆典活动结束后，大相国寺里走进来一位风尘仆仆的远道商人。商人住在东海边的一个岛屿上，专做长途贩运鱼虾的生意。商人的老母亲病了，吃什么药都治不好，整天躺在床上唉声叹气。商人是个孝子，四处打听给母亲治病的奇方。一日他听说中原大相国寺里有一口深水井的井水能治百病，便放下生意，千里迢迢专门跑到大相国寺里求水给母亲治病。

听了商人的一番陈述，大相国寺的老方丈很是赞赏商人的孝心，便对他说："为表孝心，你亲自去给你母亲打水吧！但要切记：此水珍贵，只打一桶足矣！"

商人听从老方丈的吩咐，来到大相国寺的大雄宝殿内亲自为母亲打水。

大相国寺的这口水井不仅存在于光线很暗的大雄宝殿内，并且井口极小，仅仅只能容下一只水桶的位置。探头往水里一看，深不可测，看不见一点儿水的影子，侧耳一听，倒能听到一阵阵微微的梵唱之音。

商人吃惊不小，更觉这井神秘，便手挽衣袖，把带有"大相国寺"字样的水桶放入井内，开始打水。水井很深很深，绳子放了很长很长还没有挨着水面。商人继续放绳子，终于打到了一桶水。商人打上来一桶水之后想：这一桶水打上来为我母亲治病，如果再打上几桶带走，高价出售给那些财主家的病人，定能赚到不少钱财。想到这里，商人便又把水桶放进井里，准备打第二桶水。说也奇怪，自打商人有了邪念之后，那第二桶水怎么也打不出来，任凭他把那打水的绳子使劲儿摆动，水桶就是不肯翻下去打水。折腾

了好长时间，商人已经是满头大汗，正当他心灰意冷的时候，想不到水桶突然灌满了水。商人惊喜万分，双手使劲儿往上拽，拽着拽着，眼看那桶水就要到井口，突然间打水的绳子断了，满满的一桶水一下子跌落下去，停了老半天，井下才传出幽深的一声闷响。商人傻眼了，生怕寺里的僧人发现了让他赔桶，急忙收起那打出的第一桶水，溜出大相国寺的山门，回老家给老娘治病去了。

商人回到东海边，坐船向海中的岛屿驶去。走着走着，坐在船头的商人似乎发现了什么，他睁圆双眼，往远处仔细一看，突然看到了海面上漂浮着一只水桶，看样子有点儿像大相国寺里掉下去的那只水桶，商人万分惊讶，急忙让船夫靠近那水桶，并把水桶捞上来。水桶捞上来之后，商人认真观看，发现这只水桶确确实实就是他在大相国寺里打水掉下去的那只，水桶上面还清清楚楚印有"大相国寺"的字样哪！商人急忙跪倒在船上连连叩头，请求菩萨保佑他一路平安，原谅自己在大相国寺里打水的一时邪念。

商人回到家里，用大相国寺里打来的井水为有病的母亲泡药，母亲的病很快就好了。商人感谢大相国寺水井的神奇，再次来到中原开封，雇人敲锣打鼓去大相国寺表示感谢，并将那只在东海上捞到的带有"大相国寺"字样的水桶，亲手交到老方丈的手里。自此以后，开封大相国寺里的这口水井，便有了"通海井"的叫法。

皇家寺院

公元 960 年农历正月初四，赵匡胤在陈桥驿发动兵变，黄袍加身，回师东京开封。

赵匡胤在殿前都点检公署休息片刻，忽然想起自己的母亲、妻子及其他家人还都在大相国寺里躲藏，便带着一支禁军，走出都点检公署，往大相国寺的方向进发。

赵匡胤带着禁军来到大相国寺的山门前，方丈赞宁大师早就带着几位长老在门外等候。

赵匡胤向赞宁大师拱手行礼道："多谢大师慈悲，积大恩大德，护我家人，匡胤深表敬仰！"

赞宁大师看了看赵匡胤身上穿的黄袍，喜不自禁地说："哪里哪里，新天子驾到，老衲有失远迎，还望皇上恕罪！"

赵匡胤也不再客套，十分关心地问："匡胤的母亲、妻室现在哪里？她们是不是受到了惊吓？"

赞宁大师抖了抖大红袈裟，手指着敞开的山门，对赵匡胤说："请皇上进去跟随老衲观看，便知家人如何。"

言毕，赞宁大师带着几个长老为赵匡胤引路，一同走进大相国寺威严的山门。

赵匡胤带着几十个亲信随从，跟着赞宁大师走进大相国寺，走过气势雄伟的天王殿、大雄宝殿，来到环形的八角琉璃殿近前。

赞宁大师指着八角琉璃殿对赵匡胤说："皇上的亲人就在这里，安然无恙，丝毫没有受到惊吓。"

赵匡胤抬脚走进八角琉璃殿，见里面一个人影也没有。

八角琉璃殿里没有一个人影，却有五百尊栩栩如生的铜铸罗汉。

赵匡胤在五百尊罗汉群里转了半天，没有发现一个人，心里有些急，回身对走过来的赞宁大师高声叫道："你说匡胤的家人就在这里，怎么不见一人？"

赞宁大师笑道："皇上别急，你就会看到你的家人的。"

言毕，赞宁大师走到第一百九十九尊罗汉的后面，轻轻地按动了一下安装在罗汉脚下的机关……只听"吱扭扭"一阵响，第一百九十九尊罗汉渐渐从原地移开，下面露出一个带阶梯的长方形洞口来。

赵匡胤正觉惊奇，只见赞宁大师率先走下洞口，招呼说："皇上跟着老衲走，即刻便会见到你的家人。"

赵匡胤跟着赞宁大师走进洞口，下到洞底，向左一拐，顿觉明亮，原来一个神秘的地宫展现出来。

地宫的正中是客厅，四周全是小卧室。

赞宁大师站在地宫里，轻轻地拍了三下巴掌，四周小卧室的门都打开了，赵匡胤的母亲杜氏、夫人王氏、弟弟匡美及其他家人一一从各个小卧室中走出来，与赵匡胤相见。

赵匡胤见所有家人安然无恙，一个不少，悬着的心才一下子安稳下来。

地宫中，母子相见、夫妻相见，别有滋味，感慨万千。

赞宁大师上前给老夫人行礼，并指着赵匡胤身上的黄袍说："都点检已在陈桥驿被将士们拥戴为新天子，老衲特向老夫人祝贺！"

老夫人看了一眼赵匡胤身上的黄袍，不惊不喜地说："我儿素有大志，今日果然如此，没有什么大惊小怪的！"

赵匡胤被母亲博大的胸怀所感动，一时不知如何是好，只是双手抓着母亲的手，一个劲儿地说：

"娘，让你吃苦了！让你吃苦了！"

老夫人理了理有些散乱的头发，看了一眼站在一旁的赞宁大师，对赵匡胤说："娘什么苦都没吃，只是劳累了大相国寺的大小僧人哪！"

"请娘放心，匡胤一定报答！"赵匡胤从老夫人的一句话里，就深深体会到了大相国寺的大小僧人们对自己的家人照顾得多么周到。

赞宁大师也不客气，趁机对赵匡胤说："劳累算不了什么，皇上可知道：为了你的家人，大相国寺差点遭受寺毁僧亡的大灾大难！"

赵匡胤对赞宁大师拱手说："请赞宁大师开口，要匡胤如何报答，匡胤立马就可以办到！"

赞宁大师笑笑，说："大相国寺是佛门净地，以慈善为本，不需要任何报答。只是这次寺内行善积德，护卫的竟是新天子之家人，实属寺院的荣幸，不知可趁此机会，皇上能否为寺院留下一点墨宝，以示留念？"

"这有何难，匡胤眼下就写！"赵匡胤爽口答应。

赞宁大师急忙派人取来笔墨纸砚，放到赵匡胤的面前。

赵匡胤掭笔在手，不假思索，挥笔写下"皇家寺院"4个大字。

自此以后，东京开封城的大相国寺，便有了"皇家寺院"的金字招牌。

东都风景
DongDuFengJing

世界奇观卧牛城

世界上有许多人都知道中国有一道气势磅礴的万里长城，但许多人又都不知道中国还有一座堪称世界奇观的"卧牛城"。

卧牛城就是开封城，具体地说，也就是开封古老的城墙。

卧牛城的城墙和万里长城有许多近似的地方，同样具有主体墙、宇墙、女墙、城楼、城门、城垛、海墁、排水槽、炮眼、箭楼、敌台、角楼、马道、瓮城、护城河、吊桥……

卧牛城的城墙是中华人民共和国国务院公布的全国重点文物保护单位，为什么要保护它呢？因为它太古老啦！太神奇啦！

开封的城墙和南京的城墙是现今世界上保存最庞大、最古老的城墙，也算是世界上现今最大的古代文物。

开封城墙曾经是中国历史上第一座全部采用"以砖垒皇城"的城墙，这在《续资治通鉴长编》中有明确记载。

开封的城墙自古以来都是呈现出一种"卧牛"的形状，因此俗称"卧牛城"。

卧牛城最了不起的地方是它的"城摞城"。根据历史记载，现今的开封城墙下边，最少埋葬着7座以前的城墙，即战国时期的"大梁城"，唐朝时期的"汴州城"，北宋时期的"东京城"，金朝时期的"汴京城"，元朝时期的"汴梁城"，明朝时期、清朝初期的"开封城"。在中原地区，有一首民谣十分流行："开封城，城摞城，地下埋着七座城。"还有奇巧的是，这7座城墙不仅"城摞城"，并且都一一体现出一副"卧牛"形状的同样姿态，这恐怕也是地球上唯一的一大奇事吧？！一代卧牛状的城墙被泥沙黄水埋葬，又一代卧牛状的城墙在原来的废墟上再度崛起，再埋葬、再崛起，直至今日，这种奇迹在全世界范围内，也许只有中国开封才有吧！开封要建"城摞城"博物馆，开封人要让开封的"城摞城"真正成为全世界的一大奇观！

有文字记载的开封城最早为春秋时期的郑庄公所建，距今已有近3000年的历史，当时的郑国建都荥阳，紧靠中原，马壮粮足，逐渐强大起来。郑庄公是一位很有远见的君主，他深知粮食的重要，总想找一处十分理想的地方建成自己国家的粮仓，以备战时和灾年救急。这天，郑庄公带领随从沿黄河东下，专门寻找适合筹建粮仓的地方。

郑庄公一行走了几日，来到一大片高冈上，但见冈南远处薄雾弥漫，紫气缭绕，便问身边的大将：

"那里是什么地方？"大将回答："那里是中原腹地，北依大沟，南临浚水，西近圃田，东濒丹水，午道交织，交通便利……"不等大将把话说完，郑庄公就用马鞭往那里一指，掷地有声地说："就在那里建造我们的粮仓！"

郑庄公调集大量人马，在他指定的地方开始建筑国家粮仓。在建筑粮仓的过程中，郑庄公做了一个梦，梦见建筑粮仓的地方变成了一片沼泽，沼泽里有一只水怪在兴风作浪，残害生灵。一声惊雷中，一头金光闪闪的独角神牛从天而降，落到沼泽中和水怪交战。最后神牛用独角将水怪刺死，使沼泽地风平浪静，生灵安全。独角神牛躺卧在沼泽中渐渐睡去……神牛醒过来的时候，那沼泽地不见了，变成一块绿茵茵的草地。这块草地西北高、东南低、中间宽、两头窄，就像一头卧牛的形状。郑庄公醒来后大喜，急忙率领众臣跪地，对天叩头，顶礼膜拜，口中念念有词："我等众臣，感动上苍，特派神牛，指定圣地，皇天厚恩，永世不忘，留在此处，男耕女织，繁衍子孙，储备食粮……"

郑庄公一声令下，将他梦中梦见神牛躺卧的地方，建造一座储存粮食的城市，这城市的模样就建成西北高、东南低、中间宽、两头窄的卧牛形状。这就是开封"卧牛城"的最早来历。

卧牛城建好后，郑庄公取"启拓封疆"之意，将其城命名为"启封"。"启封"也就是开封城最早的别称。

到了战国时代，正是天下大乱的时候，秦国在乱中取胜，逐渐强大起来。秦国派兵攻打魏国，魏国大败，魏惠王带着残兵败将向东南逃跑的时候，发现了一座得天独厚的卧牛城，他觉得卧牛城是一个十分理想的安身之地，便决定把魏国的首都从安邑迁到卧牛城。当然，这座得天独厚的卧牛城就是古都开封，魏惠王把新都卧牛城命名为"大梁城"，并下旨大肆扩建卧牛城。

魏惠王向秦国割地赔款，求得一时安定，以大梁城为中心，又迅速发展壮大起来。魏惠王上次兵败后，深知国都城墙的重要性，因此倾其财力，把大梁城的城墙建造得又高又大又结实。在魏惠王兵败逃跑的时候，据说曾遇到一头大金牛的相助，所以他非常崇拜"牛神"的形象，又加上他迁移的新都大梁城本身就具备卧牛的形状，因此下令在原卧牛城的基础上再建造一座更大的卧牛城。扩建卧牛城的时候，魏惠王亲自过问，哪里是牛头、哪里是牛尾、哪里是牛角、哪里是牛背、哪里是牛项、哪里是牛肋、哪里是牛腹、哪里是牛腿都要有个讲究和说法。有了魏惠王的亲自过问和支持，一座很有讲究的庞大的新的卧牛城很快就建立起来了！这就是现今开封古城墙最早的前身大梁城。

大梁城北临大沟，南依蓬泽，西有圃田泽，东有牧泽，河湖密布，大道交会，一时成了人口众多（当时多达 30 多万人口）、天下闻名的一流大都会。

大梁城高大巍峨但仍然是卧牛形状。它共有 12 座城门，东门名曰"夷门"，西门名曰"高门"。尤其是"夷门"，后来成为历代文人吟诵开封的代名词。"琪树明霞五凤楼，夷门自古帝王州。"就是古人用"夷门"歌颂开封的典型诗句。据史学家和地理学家的测算，当时大梁城的夷门就在当今开封城东北角铁塔的附近，高门则在今开封城西边的东陈庄附近。孟子游梁时，梁惠王在"灵沼"会见他，那时的"灵沼"就在高门附近。

卧牛形状的大梁城不仅高大雄伟，并且十分结实，经受无数次战火洗礼都是坚不可摧，在诸侯纷争、战火不断的恶劣环境中，为雄踞中原的魏国提供了长达 141 年的坚固基础。

公元前 225 年，秦魏战争又起，秦国大将王贲率领大军，把魏国的首都大梁城团团围住，并发动异常猛烈的攻城战斗。高大坚固的大梁城再次显示神威，在秦军多日近似疯狂的攻城中，任凭无数石块、利刃的猛砸乱砍，任凭无数次的箭射与火烧，大梁城始终坚如磐石、完好如初，一直牢牢地掌握在魏国人手里。

秦军围困大梁城多日不下，气坏了秦军大将王贲，百般无奈之下，他只好让军士扒开鸿沟，水淹大梁城。由于鸿沟水势凶猛，大梁城又地势低洼，一场惨剧发生了。洪水肆虐，一下子把大梁城掩埋在深深的泥沙之中。城内30多万人大部分被淹死，只有几万人死里逃生。至此，雄踞多年的卧牛形的大梁城沉睡在地下，这也是开封"城摞城"中有历史记载的第一座地下城。西汉时期，司马迁曾来到大梁城被鸿沟水淹灌的地方，拜访这座曾经辉煌一时、闻名天下的城堡，探寻"大梁之墟"，并且很认真地凭吊以往那道世人皆知的夷门。

南北朝的时候，开封升为州的治所。到了唐代，开封称为"汴州"，并建有汴州城。唐建中二年（781），宣武军节度使李勉下令重筑汴州城。重筑的汴州城是在原大梁城的旧址上进行修建的，周长20里155步，计有城门10座。

到了五代时期，后梁在开封首先建都，后梁皇帝朱温下诏："宜升汴州为开封府，建名东都。"自此，开封又有了"东都"的叫法。接着，后晋、后汉、后周等朝代相继在开封建都，先后都对残缺、淤埋的汴州城进行了维修和扩建，但大规模的扩建是在后周时代进行的。

后周皇主柴荣是一位十分了不起的君主，他不仅眼光敏锐、志向深广，并且足智多谋、武艺高强，先后统一了将近半个中国。柴荣在率军南征北战的同时，也十分关心京都的城市建设，他认为京都的城池太小、太破，不适合作为一个要统一天下的大国的京都，他下决心要重新修筑一道天下最大、最高、最宽、最结实的城墙。经过充分考虑之后，柴荣正式下诏：

惟王建国，实曰京师，度地居民，固有前则。东京华夷臻辏，水陆会通，时向隆平，日增繁盛。而都城因旧，制度未恢，诸卫军营，或多窄狭。百司公署，无处兴修。加以坊市之中邸，店有限，工商外至，络绎无穷。僦赁之资，增添不定，贫阙之户，供办实艰。而又屋宇交连，街衢湫溢，入夏有暑湿之苦，冬常多烟火之忧。将便公私，须广都邑，宜令所司，于京四面别筑罗城，先立标示……

之后，皇主柴荣就让当时担任后周殿前都点检的赵匡胤"跑马圈城"，当真把东京城的外城建成为一个天下最大的卧牛形状的巨型城堡。

公元960年，后周殿前都点检赵匡胤在陈桥驿发动兵变，推翻后周王朝，建立大宋王朝，仍然定都东京开封。

赵匡胤掌握政权之后不久，立刻就着手整修、扩建开封城墙的事情，尤其对大内皇城进行了大规模的整修和扩建。

赵匡胤亲自圈定新扩建的皇城格局："皇城周围达九里十三步，凡诸门与殿门须相望，无得辄差，故垂拱、福宁、柔仪、清居四殿正重，而左右掖于昇龙，银台等门皆然，惟大庆殿与端门少差尔。"

皇帝一声令下，数万工匠开始日夜忙碌。

新扩建的皇城略呈方形，雄踞全城中央而略偏西北。

皇城的整体布局是：东华门、西华门之间的横街以南为皇帝大朝会以及中央政府主要办事机构枢密院、都堂等所在地。南边正中的宣德楼前为巨型宫廷广场，宽200余步，供朝廷召开大型庆典会议而用。巨型宫廷广场两侧为御廊。东华门外至宝箓宫之间，

还有一宫廷广场，是皇帝检阅军队、宫廷娱乐的大型场所；东华门、西华门之间的横街以北分为东、西两个区域。东区为皇城内诸司集中地，主要机构有皇城司、庆宁宫、皇太子宫、资善堂、军器库、讲筵所（皇帝幼年读书的地方）、天文院等。西区乃是朝廷各重要大殿所在地。

值得一提的是皇城内宋皇宫的主殿大庆殿。大庆殿是朝廷大礼以及朝会之处，"殿九间，挟各一间，东西廊各六十间"，殿庭广阔，可同时容纳数万人。

寝宫一组有 4 个大殿。4 个大殿完工后，皇帝赵匡胤坐在位于中心的福宁殿，命人将前后左右诸殿门一齐打开，成为一线，一眼到底。赵匡胤召近臣入观，并正色说："朕心端直正如此，有少偏曲处，汝曹必见之矣。"

赵匡胤还亲自过问东京城外城的修建问题。后周时期，赵匡胤曾经"跑马圈城"，把东京城的外城跑成一个巨大的卧牛形，这一次北宋的修城设计人员想把卧牛形状的城墙改成为方直形，献上图纸，并且振振有词地向皇上赵匡胤解释说"四面皆门，城市经纬其间，井井绳列"，赵匡胤听后大怒，奋然起身，"自取笔涂之，命以幅纸作大圈，纤曲纵斜，旁注云：'依此修筑故城即当时遗迹也！'"因而这次东京城外城的修建还是保持了原来的卧牛形状。

　　从此，古都开封便走上了最辉煌的时期。北宋的9位皇帝在东京开封度过了168年的宫廷生活，同时也对开封的城墙进行了多次大规模维修、扩建，使东京城不仅成为全国政治、经济、文化、军事的中心，同时也成为世界上人口最多（当时人口100多万）、科学技术最发达的世界大都市，开封的城墙经过多次大规模的维修和扩建之后，也成了名副其实的天下最大、最高、最宽、最结实的城墙。

　　当时庞大的东京城分为三大部分，即外城、里城和皇城。

　　外城又叫罗城，周长48里233步，城墙高4丈，宽5丈9尺。护城河宽250步，水深2丈5尺，可以行驶大型战船。外城共有城门12座。正南三门，有"宣化门""南薰门""安上门"；正北四门，有"永泰门""景阳门""通天门""安肃门"；正东二门，有"朝阳门""含辉门"；正西三门，有"顺天门""通远门""金耀门"。

　　东京城的里城，周长为20里155步，共有城门10座。南边三门，有"保康门""朱雀门""崇明门"；北边三门，有"安远门""景龙门""天波门"；东边二门，有"宋门""曹门"；西边二门，

有"郑门""梁门"。

东京城的皇城，周长9里13步，共有城门6座。南墙三门，有"左掖门""宣德门""右掖门"；北墙一门，名为"拱宸门"；东墙一门，名为"东华门"；西墙一门，名为"西华门"。

东京城的三重城廓庞大而雄伟，布局结构严谨而科学。皇城位于整个城市中央稍偏西北的地方，主要殿宇建筑井然有序，排列整齐，相互都是对称的。

值得注意的是，在庞大而雄伟的东京城的外城建筑上，仍然保持一种卧牛的形态，是什么原因呢？有人传说是北宋开国皇帝赵匡胤在"跑马圈城"时，原先跑的是个四方形，后来天上的牛神知道了，下凡施展法力，硬是把那个庞大的四方形的马蹄印子挪成了卧牛形。后来赵匡胤做了皇帝，知道天意难违，所以就把重新扩建的东京城，仍然设计为一幅卧牛的形状。当然，这只是传说，没有什么可信程度，可能是赵匡胤在"跑马圈城"时，觉得开封古城历来都是一幅卧牛的模样，何必违背祖上意愿，非要跑出个四方形呢？还是顺从民意、天意，跑出来个卧牛的形态为好！不管怎么说，反正宋代重新修筑的东京城仍然呈现出一幅卧牛的状态是不争的事实。《三朝北盟会编》的史书中就有明确记载，说东京开封城的形状如卧牛，保利门为"牛头"、宣化门为"牛项"。冯梦龙在《古今小说·宋四公大闹禁魂张》中写到东京城的时候，也称它为卧牛城，书中是这样说的：神偷赵正艺高人胆大，想到东京闲走一遭，一来开开眼界，见见世面；二来顺便做点无本生意，偷一注不义之财。宋四公摆出他当师父的俨然样子，告诫赵正说：东京外城唤作卧牛城，我们只是草寇，常言："草入牛口，其命不久"。为此劝赵正不要进卧牛城冒险。可是赵不信邪，公然在卧牛城闹了个天翻地覆……

东京城的城墙高大、结实而创历史之最，在中国现存的史书和文献中都是有据可查的。《宋史·地理志》和《东京梦华录》中就有开封城墙"四十八里二百三十三步"，"其高际天，坚壮雄伟"的文字记载。是问，在中国古代有哪一个朝代曾建造出周长近50里，"其高际天"的城墙来？没有，唯有宋代。宋代的城墙在中国历史上不仅最高大雄伟，而且也是最坚固、最结实的城墙。后来爆发的"宋金战争"就很好地说明了这一点。金兵侵犯中原，把北宋都城东京开封团团围住。金兵面对高大结实的东京城的城墙显得无可奈何，数次强攻都无济于事，最后就从金国调集来数百门大炮，向开封的城墙进行猛烈轰击，结果如何呢？开封的城墙受到如此猛烈密集的炮火轰击之后会是一个什么样子呢？在《金史·赤盏合喜传》中又有明文记载，称开封城墙是"取虎牢关土为之，坚密如铁，受炮所击唯凹而已"。此话说得很明白，开封城墙为何"坚密如铁"，因为它是取"虎牢关的土"所筑建的。"虎牢关的土"系特别坚硬而又黏稠的土，用此土筑建城墙当然是"坚密如铁"。据说，开封城墙在建造的时候，不仅土好，就连砖与砖之间的每一道隙缝，都是用极黏稠的小米粥浇灌的，怎会不结实？

北宋灭亡时，金兵闯入高大深阔的东京城大肆进行烧杀掠夺，几乎对东京城进行了一次彻底毁坏，光城内和城楼上的大火就熊熊燃烧了几天几夜……直到孝宗乾道六年（1170）五月，范成大进入开封城时还感叹："旧京自城破后，创痍不复。"为此，范成大赋诗一首，以示感慨：

嵽嵲丛霄旧玉京，

多年沦陷最伤神。

何时得作清宫使，

重睹承天五凤城。

金人毁坏了东京城，后来又在东京城的旧址上修建了一座还是相当可观的汴京城，因为金朝曾两次定都开封，并把开封改为汴京，因此也就有了金代开封的汴京城。

汴京城存在时间不长便被蒙古人攻破，蒙古人在汴京城的基础上又修建了一座新城。蒙古人建立了元朝，元朝时期的开封从"汴京"改成了"汴梁"，因此又有了开封的汴梁城。

到了明代，开封差点又成了中国的首都。

大明王朝的开国皇帝朱元璋因为在指挥明军与元军的多次战斗中，曾和中原的汴梁城结下不解之缘，因此在考虑定都的时候首先考虑到中原的汴梁。朱元璋曾下诏，将中原的汴梁改为"北京"，以便当作首都启用。可是后来因为种种原因，大明的首都最初却定在了应天（今南京）。中原汴梁虽说最后没有被定为大明王朝的首都，但皇帝朱元璋却对它情有独钟，分外照顾。他先是把汴梁路改为开封府，成为河南省会，而后又把自己的弟弟封为周王，进驻开封，并在开封大兴土木，建造了一座颇似"小皇城"的周王府。朱元璋同时下令：重筑开封的城墙。

由于多年连续不断的战火和水患，到了明代，开封的城墙基本上已不复存在，原来的旧城墙只剩下一座破烂不堪、断断续续的城基，类似于今天开封城外的护城堤。朱元璋亲自下令，将开封的城墙重新建起来，并且对新建的城墙要求用青砖进行里外包裹（明代以前开封的城墙除皇城外，大部分都是土筑的），城墙的形状仍然是建成"卧牛"的形状，西门为牛头，其余四门为牛腿。五座城门和四个城角上各建一座高大的城楼和角楼（这就是开封现今城墙的最初布局和结构，现今的开封城墙基本上保持了明代的布局和结构）。

明代的开封城墙在皇帝朱元璋的关怀下又重新筑起来了，据史书记载，明代的开封城墙周长为22里70步（现代实测为14.4公里），高3丈4尺，女墙高6尺，上宽为1丈5尺，底宽为2丈。城墙内外均用巨型青砖包裹，每块青砖重达3.6公斤。全城共有敌台81个，城外的护城河宽5丈，深1丈。

明代的开封城墙有城门5座，南边的门叫"南薰门"（又称南门）；北边的门叫"安远门"（又称北门）；东北的门叫"仁和门"（又称曹门）；东南的门叫"丽景门"（又称宋门）；西边的门叫"大梁门"（又称西门）。现今开封城墙的城门还是5座（新开的除外），叫法和明代的一模一样，即"南门""宋门""曹门""安远门""大梁门"。

明朝末年，开封遭遇到一次人为的特大水患，有人扒开黄河，水淹开封城。当时黄河正值特大洪汛，水势极大，结果将开封城被彻底淹没，就连明代所修的高大城墙也被无情的泥沙埋在地下。

清朝初年，清政府在开封明代城墙的废墟上又重筑了一道开封城墙。到了清道光二十一年（1841），黄河在张家湾再次决口，河水南下，袭击开封城，并围城达8个多月，大水退去后，地方政府和开封人民再度在几乎被泥沙埋平的旧城基础上又修建起一道新的城墙，这就是现今的开封城墙。

现今的开封城墙除了历史上遗留下的5座城门外，又新开辟了"小南门""新开门""西南门"等几座城门，使古老的开封城墙焕发出勃勃生机，像一条蜿蜒延伸的巨龙，盘桓在中原开封的大地上。随着开封"城摞城"博物馆的建成，全世界独有的开封"城摞城"的天下奇观也必将会吸引更多的游人来开封，亲眼看一看这座历史特别悠久、故事特别传奇的卧牛城！

卧牛城的故事

金牛驮惠王

春秋战国的时候，群雄争霸，天下大乱。后来秦国就想吞并其他各国。公元前340年，秦国的商鞅率大军开始攻打魏国，魏惠王亲自率兵迎敌。由于魏国的主将公子昂中了商鞅的"假和"奸计，致使魏军大败。商鞅率领大批秦军，将毫无防备的魏军打得溃不成军，然后就率领十几员猛将，冲进魏军中，直取魏惠王的首级。魏惠王眼看大祸临身，只好带着几位亲信随从，骑马向东南方向逃跑。商鞅看见魏惠王向东南方向逃跑，用马鞭一指，对身边的十几位战将说："那就是魏王，快去追上他，谁能捉住他，必有重赏！"十几位战将答应一声，争先恐后地向魏惠王逃跑的东南方向追去。

魏惠王骑着马拼命往东南方向跑，身后的十几位秦将紧追不舍，并且愈来愈近，只有一里路了，眼看后边的秦将就要追上魏惠王，魏惠王百般无奈，只好仰天长叹："天哪！难道今日你真的要亡魏？！"

这个时候，一件意想不到的事情发生了。

就在魏惠王仰天长叹、彻底绝望的时刻，突然从旁边的高粱地里跑出一头形态彪悍的大牛。大牛来到魏惠王的马前骤然停下，挡住魏惠王的去路。魏惠王大吃一惊，勒住马头，细观大牛，但见那牛身材健壮，四蹄宽大，通体金黄，两只眼睛炯炯有神，好似铜铃，莫非是上天下凡的神牛？魏惠王大喜，知道是上天相助，魏国还不到亡国的时候。魏惠王顾不得多想，急忙翻身下马（那马也实在跑不动了），跃上牛背，大喊一声，催牛快跑。

大金牛驮着魏惠王住东南的方向急跑，后边的秦将还是紧追不舍，但他们的马此时也早已累了，奔跑的速度比前边的牛还慢，距离渐渐拉远。

跑着跑着，大金牛拐进一片宽阔的沼泽地，大金牛因为蹄子宽大，经常在沼泽地里行走吃草，早已习惯，仍然健步如飞。追赶的马可就不同了，来到沼泽地里简直寸步难行，一走一蹄泥、一走一趔趄，弄不好还把背的骑士给摔下来……大金牛愈跑愈远，渐渐消失了踪影。就这样，眼看着魏国的国王就要成了秦军的俘虏，谁知让一头大金牛给救了。

大金牛驮着魏惠王越过沼泽地，走过一片野树林，登上一座高高的土冈。魏惠王在高高的土冈上往南一看，惊喜得差点喊出声来。土冈南边的远处出现一座卧牛形状的城市，那城市祥光四起、紫气盘旋……魏惠王最后还是惊喜地喊出声来："卧牛城，好地方！那里才是我魏国的安稳之地啊！"

当然，那座卧牛城便是挺立中原的开封城。

安稳下来之后，魏惠王托人向秦国求和，割地赔款，使魏国一时安定下来。安定下来之后，魏惠王力排众议，立即将首都从安邑迁到了卧牛城。魏惠王亲自下诏，将卧牛城正式定名为"大梁城"。

魏惠王建都大梁城之后，又对卧牛形状的城池进行了大规模的扩建。由于"金牛驮惠王"的事情在魏惠王的脑海里时常出现，在扩建新城的时候，魏惠王不仅把城市的形状仍然扩建成卧牛的样子，并且还亲自圈点那里是牛头、那里是牛尾、那里是牛背。比如说西门地势高，要做牛头；东门城势洼，要做牛尾……这些想象和布局，一直延续了2000多年，就是今日，开封城的整体布局，如果从空中鸟瞰，仍然是一幅卧牛的姿态。这就是开封人引以自豪的，经常向外地人讲起的"金牛驮惠王"的历史故事。

跑马圈城

后周显德三年（956），皇主柴荣和侍卫亲军都虞侯韩通，大臣薛可言、王朴等人一起，在东京开封城的城墙上徒步而走、迎风而行。

柴荣和韩通、薛可言、王朴等人在城墙上整整走了一圈，最后停留在原出发地朱雀门的城楼上。

柴荣对几位大臣说："你们知道朕为什么让你们在城墙上走吗？"

几位大臣说："不知道。"

　　柴荣思索着说："朕是想现有的城墙太小，想围着东京开封城再建筑一道坚固无比的庞大罗城（即外城），将一部分居民从里城迁出去，将入侵官道的民宅建筑统统拆除，拓宽主街道，规范商业区，改造旧官署，繁荣新市井。"

　　几位大臣齐声说："陛下英明！"

　　皇主柴荣立即给身边的几位文武大臣具体分了工：韩通为扩城总领事；薛可言为扩城总督管；王朴为扩城总设计。

　　王朴被任命为扩城总设计，首先提出了一个难题："陛下，这东京开封的罗城到底要筑多大？"

　　柴荣说："天下最大！"

　　王朴说："再大也应该有个具体尺寸呀！陛下总不能让我王朴闭着眼睛瞎摸呀！"

　　柴荣想了想对韩通说："你去把殿前都点检赵匡胤给朕找来。"

　　韩通答应一声，大步走下朱雀门。

　　韩通走了不大一会儿，新任殿前都点检赵匡胤就急急忙忙地赶到朱雀门见驾。

　　柴荣对赵匡胤说："听说赵将军的坐骑是匹号称'赤龙驹'的宝马？让它在城外尽力跑出个大圈子如何？"

赵匡胤不明白地问："跑出个大圈子干啥？"

柴荣说："跑马圈城！"

赵匡胤问："陛下是想修筑一道罗城？"

柴荣补充说："朕是要修筑一道天下最大、最高、最宽、最结实的罗城！"

第二天，后周皇主柴荣正式下诏，重新修筑开封城墙的罗城。

修筑罗城的总设计师王朴带着殿前都点检赵匡胤来到城外一出发地，准备"跑马圈城"。

赵匡胤骑着他的赤龙驹，赤龙驹的屁股后面拖着一个棒槌形带铁刺的小滚犁（一种专门在田野里划痕迹的工具）。

王朴一声令下，赵匡胤扬鞭催马，开始"跑马圈城"。

赤龙驹仰天长嘶一声，驮着主子赵匡胤、拖着棒槌形带铁刺的小滚犁，撒开四蹄，在广阔无垠的原野上狂奔起来。

此时的赵匡胤异常兴奋，心里总有一种说不出的奇妙感觉：这回要让赤龙驹拼死力跑，跑得愈远愈好……说不准哪一月哪一日，这赤龙驹所跑出的罗城，归我姓赵的所有呢！

有此奇妙感觉，赵匡胤就催着坐骑赤龙驹没命地跑。

跑啊跑，牙口已老的赤龙驹跑了好远好远的路，终于跑不动了，但它还是驮着主子、拖着棒槌形带铁刺的小滚犁，拼着最后的力气，跑到原来的出发地，一头栽倒在地上，一动不动了。

王朴让人顺着小滚犁划出的痕迹细心丈量，得出的结果是：方圆周长 48 里 233 步。

王朴把数据报告给皇主柴荣，柴荣立即下诏：新修的东京开封罗城方圆周长为 48 里 233 步。

时间一月一月地过去，经过近百万兵丁、民夫、能工巧匠的日夜奋战，一座天下罕见的庞大罗城在辽阔的豫东平原上渐渐出现。

新筑的东京开封罗城周围总长为 48 里 233 步，共有城门 10 座：南城墙有景风门、畏景门、朱明门；东城墙有延春门、寅宾门；北城墙有长景门、爱景门；西城墙有迎秋门、肃政门、玄德门。

新筑的东京开封罗城高 4 丈，广 5 丈 9 尺。城濠宽 251 步，濠内水深为 2 丈 5 尺。城濠内外，遍种杨柳，粉墙朱户，禁人往来。

新筑的东京开封罗城每 100 步设置"马面""战棚""密置女头"；城里牙道，各植榆柳成荫，每隔 200 步设置一座城防库，贮存守城之器。

新筑的东京开封罗城成了当时名副其实的天下最大、最高、最宽、最结实的罗城。

铁犀护古城

开封是座卧牛城，这种说法和事实延续了近3000年。历朝历代为什么总爱把开封城建筑成一幅卧牛的形状呢？这大概和开封人自古就喜欢牛的习惯有关。开封是中原腹地，以耕牛犁田为生，祖祖辈辈与牛打交道，理所当然喜欢牛，更何况在牛的身上还有许多可贵的品质和神气，其他牲畜和牛是无法相比的。开封城北的铁牛村有一尊高大的铁犀就传颂着神牛与开封的精彩故事。

说起"铁犀护古城"的故事，不得不提及中国历史上一位赫赫有名的人物——于谦。

说起于谦，恐怕懂点历史的人都知道他是中国历史上一位浑身正气且又政治卓著的政治家、军事家，他那著名的《石灰吟》"千锤万击出深山，烈火焚烧若等闲。粉身碎骨全不怕，要留清白在人间"的豪言壮语，成为后人无数有志之士人生奋斗的座右铭和精神支柱。就是这样一位了不起的历史人物，曾经和古都开封的卧牛城有过一段血浓于水的生死情缘。

黄河自金昌五年（1194）在阳武决口后，改道南流，经过古都开封时擦身而过，滚滚东去。到了明代，黄河又多次决口，河床变得和古城开封更加接近，最近的时候，开封的北城墙距离黄河水仅4里之遥，晚上住在开封北门附近的居民，就能清晰地听到黄河水奔腾怒号和排浪击岸的声响，就是在这种极度危险的情景中，临危受命的于谦来到了开封。

明宣德五年（1430），于谦被朝廷任命为河南巡抚，只身上任开封，治理水患。于谦的府衙就设在卧牛城的北关附近，因此在夜里于谦也时时能聆听到黄河浪涛的咆哮之声。为了治理水患，于谦日夜操劳，费尽心思，不辞劳苦，巡视河防，加固大堤，多次亲临险区和开封人民并肩参加抢险，有一次竟然把皇帝赐给自己的蟒袍脱下来堵水，差点丢掉性命。为了根治水患，解救开封人民，于谦又微服私访，数次在民间讨教治水良方。

这一天，于谦打扮成百姓模样，来到开封城北关附近，询问一位白发老人："老人家，你认为咱们开封城目前还有哪里不好？"白发老人想了想，说："咱开封啥都好，就是有'两怪'不好！""哪'两怪'不好？""贪官和水怪。""贪官和水怪？""对，贪官和水怪。贪官嘛，自从于谦于大人来到咱这开封城上任，惩治了不少贪官，好了许多，可那水怪还是没能治住啊！""怎样才能治住水怪呢？"白发老人又想了想，说："人神合力，请来铁犀。"

于谦一下子明白了，心里想：牛识水性，可降水怪。铁犀就是铁牛，犀有灵角，可以避水，牛属土，土克水，铁属金，金生水，水为金生，金为水母，母可治子，历来都是子不与母斗。若是造出一尊铁犀来，让它镇服水怪，兴许会起很大作用。

那个时候的官民都信神，就连于谦这样的廉洁清正的高官也信神。他决心铸造一尊高大的铁犀去镇服作恶的水怪。

有了想法，于谦立刻把想法变为现实，他回到府衙之后，迅速组织挑选了一批工匠，垒起几座大火炉，开始炼铁，铸造铁犀。

经过于谦和工匠们的数日辛劳，一尊高两米多的大铁犀给铸造出来了。于谦亲手书写《镇河铁犀铭》，刻在铁质的大犀牛的牛背上：

百炼玄金，熔为金液。变幻灵犀，雄威赫奕。镇厥堤防，波涛永息。安若泰山，固如磐石。水怪潜形，冯夷敛迹。城府坚完，民无垫溺。雨顺风调，男耕女织。四时循序，百神效职。亿万同阊，措之枕席。惟天之休，惟帝之力。尔亦有庸，传之无极。

于谦和广大民众举行仪式，隆重地将大铁犀安放在开封城城北的护城大堤上，坐南朝北，面视黄河，背护古城。

说来也怪，自从在开封城的北边竖起守护神大铁犀之后，开封城一连几年都是风调雨顺、无灾无祸，不仅没有遭遇水患，并且粮食收成也特别好，百姓们丰衣足食，过得很安稳，都夸大清官于谦为开封人办了一件大好事，都夸铁铸的大犀牛有神气，镇住了水怪，保护了开封城。

但是，神灵是没有的，多年之后，汹涌的黄河水再次奔腾而出，袭击了开封古城。可是，事情总还是有些蹊跷，尽管黄河水又数次袭击了开封城和守护它的大铁犀，甚至用厚厚的泥沙试图将它们彻底埋葬，但都没有成功。开封的卧牛城仍然存在，守护它的大铁犀依然挺立。1841年的时候，黄河在张家湾的地方又一次决口，特大的洪水扑向低洼的开封城和守护它的大铁犀，结果怎么样？特大的洪水将开封城围困了8个多月，但始终进不了城；洪水和泥沙将城北的大铁犀的底座及身子都埋进去了，但大铁犀的牛头却始终显露在水面上，不屈不挠，傲视洪水。铁犀和古城隔水相望，互相鼓励，战胜洪水。洪水长八尺，城墙长一丈（当然这是传说），这样相持了8个多月，洪水无奈开封城，只好悄悄退去。据历史记载，1841年的这次黄河大决口，水势凶猛，但确确实实没有进入开封城的城内，只是把高大的城墙围困了8个多月，水势最高的时候，也仅仅是漫到了城墙的城垛口。城外的大铁犀也是如此，虽说底座和身子都被洪水掩埋了，但牛头却始终在水面上高昂着。古城和铁犀的这种不屈和刚强，曾经让无数的古城开封人引以自豪和骄傲。

1940年，日军占领了开封，他们看到城北的大铁犀时确实吃了一惊，同时认为那大铁犀又是一笔不小的财富，因此就从地下把那大铁犀挖出来，用汽车运到开封城里，妄图将大铁犀砸烂，铸造枪炮。日本人的这一举动，遭到了开封人民和铁牛村村民的强烈反对，他们据理力争，想方设法又把大铁犀给夺了回来。

开封解放后，人民政府十分重视这尊颇有"神味"的大铁犀，把它列为河南省第一批重点文物保护单位，并拨专款，铺垫了台基，升高了犀墩，修复了碑亭。至今，开封城北的大铁犀，以崭新的姿态和容貌，依然高高地挺立在古城开封北边的铁牛村里，和开封的卧牛城遥相呼应，相互守护，成为中外游人观赏的一道亮丽的风景线。

声震中天话鼓楼

旅游业内有一种广为流传的说法，即："看中国最早的钟楼去西安，看中国最早的鼓楼去开封。"

"开封鼓楼"是中国历史上最早的鼓楼。

开封鼓楼比西安的钟楼（建于明洪武十七年，即公元 1384 年）早 5 年，比北京的鼓楼（建于明永乐十八年，即公元 1420 年）早 17 年。

在开封老百姓的心中，开封鼓楼就像天安门城楼一样神圣！

提起开封古楼，大概得从中国的宋代说起。

天边的星星还在眨着眼睛，东方的曙光正在悄悄显露，大宋京都开封城幽深的街巷里便响起了一阵阵铁牌子的敲打声。来自各个寺院的行者、头陀一手执铁牌子，一手用器具敲打铁牌子沿街高声吆喝着"普度众生救苦难诸佛菩萨"之类的佛家用语，同时以更加响亮的嗓音向各家各户报告着现在的时辰……

这是 1000 多年前，中国历史上最早出现的"职业报晓者"。

随着职业报晓者的高声吆喝，曙光初照的东京开封城开始沸腾了：

天色还没有大亮，载货的牛车早已待在织坊的门前，等候夜作的织女们搬出精美的布匹，准备走向市场。

路旁胡饼店里的擀杖、拍板噼里啪啦作响，炉火闪亮，葱油飘香。手脚麻利的堂倌高挽衣袖，开始支桌子摆板凳，准备迎接早起的第一批顾客。

寺院早祷的磬鼓刚刚敲响，鹰鹘店出售的鹰鹘便被买者惊醒。惊醒的鹰鹘张合着钩曲的尖嘴，抖动着背上青黑色的羽毛，高高翘起白色的尾尖，亮出黄黄的腹部，发出"咕咕——咕咕——"的鸣叫。

白发满头的婆婆青衣素裹，怀揣小锦匣，满面笑容地出现在朱门彩楼前，抢在太阳露脸之前，向一些显贵富有人家兜售大吉大利的露水珍珠。

天色大亮，更多的人涌上街头：铁匠、桶匠、木匠、画匠、陶匠……卖水的、磨镜的、贩盐的、鬻纸的、弄蛇货药的、卖猪羊血羹的、贩锅饼饵蓼糁的……

太阳升起来了，大街小巷的各种铺子都开了张：金银铺、犀皮铺、珠子铺、枕冠铺、头面铺、金纸铺、头巾铺、纸扎铺、粉心铺、绒线铺、漆铺、翠铺、青篦扇子铺……

这一切的一切，都是在东京城最早出现的职业报晓者报时后一一出现的场景，多么优美，简直像一幅美不胜收的风景画！可见我国古代报时的重要性。

职业报晓者的吆喝声渐渐远去、消失，接下来的是蓝天丽日、艳阳高照，耀眼的阳光下两座气势雄伟、金碧辉煌的建筑在东京开封城内的东西中轴线上岿然屹立，这就是中国大地上最早出现的报时建筑钟楼与鼓楼。大宋的开国皇帝赵匡胤觉得那些用器具敲打铁牌子的职业报晓者的方式太落后、太简单，便下令让大宋的能工巧匠，建造了专业报时的钟楼与鼓楼。钟楼在东，楼内悬挂报时巨钟一口，青铜铸造，重达千斤，声震天中；鼓楼在西，楼内高架报时巨鼓一面，牛皮制作，阔达5尺，声传数十里。每逢清晨，东边的钟楼便发出清脆悦耳、声震天中的巨钟报时声；每逢暮色苍茫，西边的鼓楼便发出深沉浑厚，传遍数十里的报时鼓声……由此便产生了流传千古、脍炙人口的"晨钟暮鼓"的天下景观。

这是有关开封鼓楼的最早传说，没有历史文字记载，但传说并不等于瞎说，尤其是那些可靠可信有一定逻辑基础的重大历史传说，是可能存在而因为其他原因没有及时被史料记载的真实事情。许多人，包括有些史学家都认为：开封鼓楼的最早出现，应该是在宋代。这种认为不是凭空臆想，不是没有任何依据的。众所周知，宋代的科技极端发达，完全有可能有能力建造钟楼、鼓楼这样高大复杂的报时建筑。宋代是极端重视和快速发展精确计时，广泛报时的朝代。我国传统的计时仪器就在那一时期得到了飞跃式的发展和提高。宋人燕肃用"莲花漏法"，在漏壶中首次使用漫流系统。张思训为克服"冬月水涩，夏月水利"的状况，利用水银的黏滞系数随温度变化比水小得多这一特性，在其所制浑仪中采用水银为动力，使时间计量的精度达到前所未有的水平。宋代的科学家对"计时精度"这么精深细致的研究，难道就不会想到对"报时广泛"这样的课题进行探索和开拓吗？如果有，那么首选的就应该是传播面和影响面最为广泛的钟楼与鼓楼。史书中明确记载有"宋城楼上报时之鼓，只不过是一种标示，坊巷市井，直至四鼓后方静，五鼓又有趁卖早市者，复起开张。时序，已被商业活动充满……"的字句，这样的字句，足以证明了宋代已经用"四鼓""五鼓"那样的形式向广大市民报时了。既然宋城楼上有当作"标示"的报时之鼓，那么就有可能存在实际报时的钟楼与鼓楼。从现存的《宋代木人报时图》中可以清楚地看到和领悟出当时宋代人对于报时的欲求和智慧，客观地奠定了建造报时钟楼与鼓楼的自然条件和人文需求的氛围与基础。后来清人冯应奉对开封鼓楼作诗《登鼓楼》：

危楼高矗壮天中，

极目新城百尺雄。

梁园繁华归逝水，

宋家议论散秋风。

地钟嵩岳千层翠，

险亘黄河万古虹。

兴废不堪登眺感，

疏砧又动夕阳红。

诗中"梁园繁华归逝水，宋家议论散秋风"的字词背后，也隐含有昔日宋代鼓楼辉煌的影子和对宋代辉煌鼓楼消失的怀念和感叹。

宋代鼓楼的话题不说了。宋代的开封到底有没有鼓楼，让宋史专家和古建筑师们去研究、去考证吧，反正开封的市民们几乎都一致认为：宋代的开封一定有鼓楼，并且十分壮观和辉煌！

有史料正式记载的开封鼓楼终于出现了，那就是公元 1379 年，即明代的洪武十二年。据光绪《祥符县志·杂事》及其他史书记载，开封鼓楼于明洪武十二年由河南都司都指挥使徐司马所筑，原在安业坊（今鼓楼西头十字路口处），为开封市中心。

明代的开封鼓楼堪称中国历史上有文字记载的第

一座鼓楼。后来以明代的开封鼓楼为先导，才先后出现了南京、西安、北京的一系列鼓楼。

公元 1368 年，也就是明洪武三十一年，平民出身的朱元璋在应天（今南京）正式称帝，建立大明王朝。大明王朝刚刚建立的时候，元军还没有灭亡。公元 1369 年，朱元璋亲自坐镇中原汴梁（今开封），指挥明军与元军的最后大决战。在得知元军失守潼关的消息后，元顺帝慌忙组织剩余军队进行抵抗，但为时已晚。朱元璋在汴梁城内遥控指挥着明军横扫元军的残余军队。元顺帝见大势已去，急忙带着后妃、太子狼狈逃往上都（今内蒙古多伦）。明军占领大都，结束了统治中国 162 年的元朝政权。朱元璋率军南征北战，终于完成了全国的统一。在指挥全国统一的战争中，朱元璋多次坐镇中原汴梁指挥明军作战，因此对中原汴梁有着极深的印象和特殊的感情。在最初考虑大明定都的时候，朱元璋首先想到了中原汴梁，并且亲自下令，将汴梁定名为北京，但后来因为种种原因，才使他将京都又定在了应天。

朱元璋对开封汴梁情有独钟，虽说没有把开封定为当时的大明京都，却给了开封特别的待遇。朱元璋下圣旨，改汴梁路为开封府，建为北京，为河南省省会。朱元璋封其第五子为周王，进驻开封，在开封大

兴土木，修建庞大的周王府。

朱元璋同时还下令，责成河南都司都指挥使徐司马在开封兴建中国第一座钟楼与鼓楼。

大明皇帝朱元璋虽说是平民出身，但他对科学技术的发展和应用却极为重视，在多年的南征北战中、在你死我活的沙场较量中，他深知时间的重要性。正因为朱元璋出身贫贱，所以他当政后对老百姓的生活也是十分关心，除了"垦荒屯田""兴修水利"等一系列大的举措之外，他还特别重视关系到千家万户的报时问题。他认为：当时的中国大地，老百姓应该拥有一个标准的、公开的、广泛的报时体系。他首先考虑到的是中原开封。中原是华夏的中心，而开封则是中原的腹地，在中原的腹地建两座为全国而导向的、标杆式的、向老百姓广泛传播的大型报时建筑是十分必要的。因此他就下令，责成河南都司都指挥使徐司马在中原汴梁建筑报时用的钟楼与鼓楼，把自己心中的想法变为现实。所以，中原腹地开封也就有了巍峨高大、气势宏伟的中国第一座钟楼与鼓楼。

明代的早期，开封的钟楼与鼓楼还是东西布局，即钟楼在东，鼓楼在西，但是到了后来却发生了戏剧性变化。当时有一位河南巡抚觉得钟楼与鼓楼的相向位置风水不对，便下令将开封的钟楼、鼓楼二楼上的

"钟"与"鼓"进行互相调换，把钟楼改为鼓楼，把鼓楼改为钟楼。这一调换，使当时开封鼓楼的位置更加优越，名气更为深远。那时的开封鼓楼，真是开封人的骄傲！全国的报时都以开封鼓楼为准。多么辉煌的事情！

沧海桑田，时光交替，历史起伏。开封鼓楼随着历史的变迁、岁月的流逝，也在不断进行着一系列触目惊心的兴盛衰弱。

明代早期的开封鼓楼岿然屹立，大放光彩，让许多开封人感到无比自豪和骄傲，但天有不测风云、人有旦夕祸福，开封鼓楼辉煌之后便引来了一次又一次灾难。

明代中期，河南巡抚把钟楼、鼓楼上的"钟"和"鼓"进行调换的时候，不小心把巨钟的钟鼻给扭断了，巨钟一下子从高处掉下来，摔了个粉碎。河南巡抚非常气恼，下令将摔碎的巨钟碎片收集起来进行溶化，重新铸了一口新钟，但新钟挂到西边的钟楼上，发出的声音远远没有老钟那样清脆洪亮，闷声闷气，像是一个年迈的老头在叹息。河南巡抚气上加气，索性对西边的钟楼不管不问，任其损坏，钟楼的基台坍塌了也不维修，年长日久，致使西边的钟楼严重毁坏，名存实亡。

调换"钟"与"鼓"之后，开封鼓楼一时还没有出现大的问题，但后来黄河发大水冲击开封鼓楼，使开封鼓楼严重受损，成为一座摇摇欲塌的危楼，当局进行维修，但屡修不竣。更为不幸的是当时社会上放出一股风，说是黄河发大水，全是因为开封的鼓楼，谣传修鼓楼有火灾水患，所以不能再修，致使破损的开封鼓楼雪上加霜，长期搁置下来。昔日辉煌无比的开封鼓楼一下子声名俱毁，一落千丈，成了不为人们所关注的"破鼓楼"。一直到嘉靖六年（1527），当时的镇守太监吕宪力排众议，决定重修开封鼓楼，结果平安无事，大获成功，使开封鼓楼再现雄姿、再展辉煌。到了明崇祯十五年（1642），开封鼓楼又遭受了一次更大的劫难。崇祯十一年的时候，崇祯皇帝利用首辅杨嗣昌，调动明军在剿灭农民起义军方面取得了很大进展。西北方面，总督洪承畴、陕西巡抚孙传庭穷追猛打农民起义军李自成部，将李自成部一举荡平，李自成捡了一条性命逃进了深山。但李自成很快又东山再起，组织了自己更大的农民起义军去攻打明朝政权。到了崇祯十五年，李自成率领农民起义军队伍，第三次攻打中原省会开封，明朝统治者为了阻止农民起义军攻城，防止自己覆灭的命运，竟冒天下之大不韪，趁黄河秋汛涨水之际，偷偷在黄河南岸的朱家寨、马家口两处扒开黄河大堤，用汹涌的黄河水去抗拒李自成的农民起义军（这是一种说法，历史上说法不一，也有说是农民起义军扒的黄河）。结果，惨景发生了：中原省会开封城全部被淹，整个城市成为汪洋一片，城内 30 多万人口，绝大部分被淹死、饿死，最后仅仅剩下 3 万多人。当然，再展辉煌、再现雄姿的开封鼓楼也躲不开这次天大的浩劫，肆虐的洪水将存在了一个多世纪的开封鼓楼彻底淹废。

到了清代的康熙元年（1662），清政府又对开封鼓楼进行初次复建。

近代的开封人对开封的鼓楼都比较熟悉，但对历史上开封的钟楼却知之甚少，尤其是开封的钟楼消失之后，关心它的人就更少了。建于明洪武十三年（1380），比鼓楼晚一年的开封钟楼是怎样消失的呢？这里边还有一段既传奇又可信的历史传说。钟楼与鼓楼都是报时的高大建筑，许多城市都把钟楼看得比鼓楼重要，因此都把钟楼建在最重要的位置，即城市中心，而把鼓楼建在次要的位置，作为钟楼的陪衬。而唯独开封，钟楼与鼓楼的位置却相反，鼓楼坐落在城中心的主要位置，钟楼则坐落在次要的位置给鼓楼作陪衬。是什么原因造成如此局面呢？前边已经说过，是因为当时的河南巡抚认为风水有问题，下令将开封钟楼、鼓楼内的"钟"与"鼓"进行调换，将原先的钟楼改为鼓楼，将原先的鼓楼改为钟楼。可是这么一改，怎么把开封的钟楼给改丢了呢？据说，后来在清代的时候，又有一位河南巡抚到了开封任职。这位巡抚在开封上任后，整日不理政事，而是经常和一帮闲人看舞听歌，喝酒赌博到深夜。每天清晨，这位巡抚睡得正香时，钟楼上的钟声就响起来，把他惊醒，让他大为恼火。巡抚把师爷叫来，下令说："以后不准钟楼再撞钟！"师爷挺作难地说："晨钟暮鼓是开封城多年的老规矩，不好改呀！"巡抚说："不好改也要改，你说说，是本巡抚的睡觉重要，还是这钟楼的撞钟重要？"师爷马上拍马屁说："当然是巡抚大人的睡觉重要！"巡抚说："这就对了，既然是本巡抚的睡觉重要，那就让钟楼停止撞钟，不然的话，把我惹急了，还会把钟楼给拆掉！"师爷一听，眉开眼笑，进一步献计道："巡抚大人高见，让钟楼停止撞钟，倒不如一下子把钟楼给拆掉，省得以后再招麻烦！"一听说当真要拆钟楼，巡抚大人也有些犹豫，心里没底地对师爷说："要是当真把开封的钟楼给拆了，开封的老百姓会同意？"师爷想了想说："我有办法既拆钟楼，又能让开封的老百姓心服口服，并且赞成拥护。"巡抚欢喜道："师爷有何妙计，快快道来！"师爷趴到巡抚的耳朵上叽咕了一阵子，巡抚拍案叫绝。

第二天，巡抚大人召见开封城里一些有头有面的人物，还有一些德高望重的老者和街巷中的百姓代表。巡抚大人当着众人的面说："近时，时常有人报告说开封的钟楼年久失修，上边脱落的瓦块时常砸伤行人，尤其是老人和孩子，伤者众多。若是到了雨季就更麻烦了，开封钟楼随时都有倒塌的危险，为了顾及开封百姓的生命安全，倒不如把旧钟楼给拆了，再重建一座新钟楼。"有人提出："建筑新钟楼要花很多钱，不知这钱从何处出？"巡抚大人说："国库存银不多，但可以拿出一些，本人的俸禄全部献出，也望全城的百姓捐助一点。"众人听了巡抚大人的话自然都高兴，并且说了许多感谢的话，感谢巡抚大人为开封人民着想，感谢巡抚大人为开封人重建新钟楼，感谢巡抚大人为地方造福……最后众人齐心合力地表示：为了早日建成开封的新钟楼，回去后一定动员开封的老百姓大力捐款捐物。

没停几天，开封的钟楼就被拆除，开封的老百姓为重建新的钟楼又捐献了不少银两。

等啊等啊，开封的老百姓等了许久也不见官府重建开封钟楼的动作。后来人们才知道，那位满口答应重建开封钟楼的巡抚大人，怀揣着开封老百姓捐献的银子，早就逃之夭夭，跑到外地做官去了。

开封的老百姓受了骗，可又无可奈何，只好将钟楼拆除后的遗址叫为"拆楼口"。以后时间长了，传着传着就传成"车路口"（在今省府西街胜利市场一带）。

不管此说是真是假，但从此之后，开封的钟楼就消失了。

康熙二十八年（1689），当时的河南巡抚阎兴邦又组织人力、财力对开封鼓楼进行再次修建，历时6个月，终于竣工，但时隔不久，开封鼓楼再次遭到严重损害。

到了清光绪七年（1881），河南巡抚李鹤年决定对开封鼓楼进行彻底大修。这次大修后的开封鼓楼仍然用青砖砌成，台基高3丈，台基的中间有砖砌瓮门，贯通东西大道。台基的北边有一座关帝庙，穿庙向上有门，门内有砖铺台阶，可拾级而上。台基上，建有一座古典格式的两层楼，东、西两边出厦，各三大间，距地面高达7丈。上层周围安游廊栏杆，登楼远眺，古城开封历历在目。楼上东、西檐端各悬巨匾一块，西檐匾额题"声震天中"，东檐匾额题"无远弗届"。两匾上款书"皇清康熙廿八年岁次己已季春吉日",下款书"巡抚河南等处地方提督军务兼理河南都察院右副都御史宣镇阎兴邦立"两行小字。楼上南间架有牛皮巨鼓一面,直径3尺多,声音深沉浑厚,可传数十里。

值得关注的是,在重修鼓楼的同时,又产生了一个令人十分费解的"绝笔之谜",即鼓楼西檐上悬挂的"声震天中"4个字是谁写的?见过这4个字的人都知道,写这4个字的人肯定不凡,这4个字大气磅礴,苍遒洒脱,灵气横生,令人惊叹。"声震天中"被许多书法家公认为"书法绝笔",可这"书法绝笔"到底是谁写的呢?多年来,围绕着开封鼓楼上的这个耐人寻味的"绝笔之谜"又产生了许多错综复杂、扑朔迷离的动人故事。

上边提到,"声震天中"和"无远弗届"的匾额上有两行小字落款,上款为"皇清康熙廿八年岁次己已季春吉日",这只是注明了时间地点季节,却没有书者的名字;下款为"巡抚河南等处地方提督军务兼理河南都察院右副都御史宣镇阎兴邦立",这里写到了河南巡抚阎兴邦的名字,可仅仅能说明的是阎兴邦组织重修的鼓楼,并没有说明鼓楼匾额上的字是他写的。"声震天中"到底是谁写的呢?目前主要有以下几种说法：

其一，早年传说"声震天中"这4个字是名不见经传的一名狱卒所写。这名狱卒为了写"声震天中"这4个字，用尽了全部心血，最终写成后居然累病身亡。

其二，在20世纪30年代有关于"刘峙与秘书"书写"声震天中"的说法。众所周知，那个时候刘峙是河南省的省政府主席，也算是河南人当时的父母官。省政府在开封，刘峙当然也在开封，并且对开封很想作出一些沽名钓誉的事情。当时刘峙的手下有一位秘书，秘书有一手书法绝活。秘书因吸毒被关进监狱，为了走出监狱，秘书决心展露书法绝活。秘书在狱中要求与刘峙单独谈话，对刘峙说，他写的"声震天中"能超过鼓楼上悬挂的那4个字，写成之后以刘主席的名字落款，条件是放自己出狱。刘峙答应，秘书就展示书法绝活，一气呵成地写下了"声震天中"4个大字，并且在落款处当真属上刘峙的名字。刘峙一看，秘书写的"声震天中"确实比鼓楼上悬挂的那4个字要好，便把那秘书从监狱中放了出来，并派人深夜爬上鼓楼，把原来"声震天中"的匾额换下来，换上有刘峙落款的新匾额。后来，那个秘书因为自己写的字自己不能落款而羞愧，心中不平衡，趁刘峙调走之际，又偷偷将"声震天中"的原匾额重新换上。

其三，在20世纪50年代，李村人先生写了一本《开封名胜古迹散记》的书，书中说开封鼓楼上的"声震天中"四字系杞县秀才孟鼎所书，但没有详细依据。

其四，于20世纪80年代初，开封书法名人靳选先生透露，说开封鼓楼上"声震天中"那几个字，是其祖上靳标崧所写，但也没有令人信服的真凭实据。

其五，后来据孔宪易老先生说：开封鼓楼上"声震天中"4个字系邑人袁舜裔所书，并说县志上有记载。

等等，还有许多其他说法。

开封鼓楼上的"声震天中"4个字到底是谁书写的，一直众说纷纭，成为一大悬案，但不管怎么说，它却给让开封人感到无比自豪和骄傲的开封鼓楼，又蒙上了一层神秘的面纱，又给后人留下了一个耐人寻味的"绝笔之谜"。

1911年（中国农历辛亥年），中华大地爆发了震惊世界的"辛亥革命"，以孙中山为领导的资产阶级民主革命一举推翻了清王朝的反动统治，结束了中国两千多年的封建君主专制制度，开封鼓楼也由此进入一个崭新的历史阶段。

辛亥革命后，开封鼓楼的楼顶中央增建了一座尖塔式的四方楼，四方楼的四面都装有巨型自动钟，每天为全市准确报时。那个时候，开封鼓楼的北侧还建有一座"天中饭庄"，天中饭庄与开封鼓楼之间架有天桥，人们可以通过天桥，自由行走，互相取乐。

1928年，冯玉祥第二次主豫时，将开封鼓楼上的第一层楼改为中山图书馆，第二层楼改为消防队和新闻联合社，四外走廊作为火警瞭望台。鼓楼台基上西南处悬挂有一口火灾报警大铁钟，据说大铁钟是从曹门外的"十方院"移过来的。每逢开封市出现重大火情，鼓楼上的火灾报警大铁钟便"当当当"地急响起来。

1948年，开封第一次解放时，由于国民党守军第六十六师的顽固抵抗，攻城的人民解放军受阻，双方展开了空前激烈的炮战，当时的开封鼓楼是城中心的制高点，首当其冲地被炮火所淹没。当战火的硝烟渐渐散去的时候，开封人民似乎看到了高大的开封鼓楼好像一下子矮了许多……在双方的激战中，无情的炮火把开封鼓楼上高耸的两层楼房彻底削平，只剩下一座突兀的宽大台基。自此，开封鼓楼上没有了"楼"，但开封人仍然认为开封鼓楼存在，仍然对那座宽大台基喊鼓楼！

新中国成立后，人民政府对开封鼓楼进行了多次整修，使那宽大的古老的鼓楼台基焕然一新。这个时候，开封的鼓楼已不具有它报时的功能，而是成了全市重大节日的检阅观礼台，成为全市广播宣传的中心。除此之外，开封鼓楼在一段相当长的时间里，还担任着"人民防空""报警鸣笛"的重大使命。那个时候，国际形势时时紧张，随时都有"美机空中入侵""国民党反攻大陆"等战争威胁，中国人民时常都要提高警惕，常备不懈。因此，开封鼓楼也成了当时的人防中心，因为它高大，又位居市中心。鼓楼突兀高大的台基上装有全市音量最大的防空警报，一旦有情况，功率特强的防空警报就会拉响。警报声忽长忽短、忽高忽低，传遍古城的大街小巷、传遍古城辽阔的周边四方，那势头、那音响，不亚于古时候"声传数十里""声震天中"的牛皮鼓声。

那个时候，开封鼓楼上的"楼"虽说没有了，但它在开封人民心中的位置却更加重要了。开封城还能有什么？开封城的中心还能有什么？不就是开封鼓楼吗？！开封鼓楼虽说没有饱含帝都之气的"开封龙亭"名气大，但有些方面还有过之而无不及。比如说：开封鼓楼是中国历史上最早的鼓楼，开封鼓楼比北京的鼓楼还要早 17 年等等。

开封鼓楼已成为开封人民心中历史上一盏不灭的灯，它用无形的火和光始终照耀激励着开封人民不断奋发，开拓进取，不屈不挠，正像开封的"城摞城"一样，开封鼓楼一次次遭难、坍塌，开封人一次次让它挺起、新生！在开封老百姓的心中，开封鼓楼就像天安门城楼一样神圣！开封鼓楼的安危与开封龙亭一样始终牵挂着开封人民的心。那一年，开封龙亭的后墙滑坡坍塌，开封龙亭随时都有倒塌消失的危险。消息传出，整个开封市都沸腾了，学生无心上课、工人无心做工、农民无心种地，许许多多的人都在为拯救龙亭而呐喊、而奔波、而募捐……开封不能没有龙亭！修复龙亭已成为开封人民最受关注的头等大事！一场大规模的、自发式的拯救龙亭的战斗在开封打响。"政府与民间结合，企业与私人联手；有钱出钱，没钱出力！老太太打开箱子，把积攒多少年的'箱底钱'拿了出来；小朋友手捧着大把大把的硬币，神情庄重地走向'受伤'的龙亭；郊区的个体运输户，开着自家的汽车来到工地，进行义务劳动；老寿星把存放许多年的楠木柱子捐出来了，为的是要为重修龙亭而出把力……"当时，许多人都弄不明白，是什么样的力量使开封老百姓的凝聚力发挥得这么淋漓尽致？后来是学者们回答了这个问题：是文化。一个城市的文化符号其实就是这个城市的生命力，文化符号越明显，生命力就越顽强，反之，生命力就脆弱。社会发展到一定时期，文化就是一种巨大的生产力，尤其是灿烂的历史文化，它可以给一座城市、一个民族注入无穷的、持久的、鲜活的强大动力！

开封龙亭的安危是那样不可思议地牵挂着开封人民的心，而开封鼓楼的安危同样是开封人民梦魂缠绕、牵肠挂肚的事情，因为开封鼓楼同样是开封人的文化符号，同样具备灿烂的历史文化，只不过龙亭在北，而鼓楼在中。

开封鼓楼的灾难比开封龙亭来得要早、要快、要大、要狠！使开封人民始料不及，使开封人民难以相信！

20世纪70年代的一天，巍巍屹立了将近六百年的开封鼓楼突然从开封的土地上消失了。这是天下罕见的特大奇闻！开封鼓楼历经将近600年一次又一次的风雨磨难，一次又一次的战火摧残而不倒，虽有挫折和不幸，但还是一次次挺了过来，重新昂起了头，而这次怎么彻底地消失了呢？是人为？是天灾？是横祸？开封的人民一时说不清楚。

那是一个"非常时期"啊！中国几千年的许多传统伦理都在颠倒，何况开封鼓楼？！

那天，开封全城几乎万人空巷。老人让孩子牵着手，默默无声地来到拆除现场；妇女把啼哭的孩子放在家中，义无反顾地跟随着丈夫来到拆除现场；双腿高位截肢的残疾人双手艰难地转动轮椅，一步一步地来到拆除现场；刚刚系好红领巾的小男孩、小女孩自发地组织在一起，心情沉重地来到拆除现场……

随着惊天动地的巨响，在开封大地挺立了将近600年的开封鼓楼彻底倒塌了、彻底消失了。

推土机在轰鸣，装载机在咆哮，巨型卡车把曾经辉煌至极的开封鼓楼的一砖一瓦运向郊外，进行埋葬。

黑压压的人群，数也数不清的市民，里三层外三层地围在正在消失的开封鼓楼四周观看。他们有的默然无声，低头致哀；有的泪流满面，暗暗哭泣；有的人怒目圆睁，紧握拳头；有的人浓眉倒竖，出口而骂："好一群狼心狗肺的败家子！"

不管开封人怎样惋惜，不管开封人怎样愤怒，不管开封人怎样流泪，开封鼓楼还是在一夜之间彻底消失了。

市民宋先生事后说："他们拆除的不是开封鼓楼，而是开封人曾经辉煌过的一段历史！"

市民刘先生说："龙亭是开封帝都的缩影，而鼓楼则是开封地理的坐标，他们把坐标都拆除了，不知要把这座城市推向哪里？"

刘先生把开封鼓楼称为开封的地理坐标不是没有道理的，先不说它是中国历史上最早的一座鼓楼，也不说它与闻名世界的西安钟楼配对，各占东西一方，单就说它坐落在古城开封的中轴线上，坐落在四通八达的闹市中心，成为开封市的标志性建筑，就足以能说明它重要的存在价值和城市坐标的特殊功能。举一个最简单、最普通的例子就能说明这一点：不管是从哪一个方向进入开封的陌生人问路时，得到的回答许多都是以开封的鼓楼为指引。回答的人总是说："你往鼓楼的方向走，走到鼓楼，再往北（或者南、东、西）拐……"

土生土长的开封人李秀花说："我小时候最喜欢的就是鼓楼顶塔上的那个四面大表，有空我就跑到那里，一坐就是半天。鼓楼拆除后，我伤心了好一阵子，心里好像少了很珍贵的东西似的。"

市政协委员李惠良拿着自己珍藏多年的鼓楼老照片，情深意长地说："开封的鼓楼消失了，开封人不能没有鼓楼，开封鼓楼需要复建。复建鼓楼不仅是重造一座旷世建筑，更是重现一段历史，还原一种情结啊！"

市民张志焦感慨万千地说："不是有'看钟楼到西安，看鼓楼到开封'的说法吗？现在来开封还能看到鼓楼吗？开封不能没有鼓楼，开封的鼓楼复建势在必行！鼓楼复建将对我市旅游业的发展作用巨大，我急切地盼望看到鼓楼的新模样，我相信每个开封人都会为它的复建感到自豪！"

　　张志焦说得好啊！她道出了开封数十万人民的心声。复建鼓楼已成为开封人家家户户议论的话题；复建鼓楼已经摆在市委、市政府的面前，成为不可动摇、不可回避的重大问题。

　　开封鼓楼何时复建？

　　复建鼓楼谈何容易，能成功吗？

　　人们拭目以待。

　　一个城市，大都有自己的标志性建筑。名气大的城市，因为自己的标志性建筑使自己的名气更大；名气小的城市，则因为自己的标志性建筑而扩大自己的名气。有些时候，有些地方，一座标志性建筑甚至比一座城市更有名气。城市因为有标志性建筑而倍加生辉，标志性建筑又为城市增添更加绚丽的迷人色彩。武汉不能没有"黄鹤楼"，"黄鹤楼"为武汉增添了无数的美丽传说和不朽诗篇，源源不断地吸引着来自四面八方的寻梦客；杭州不能没有"雷峰塔"，"雷峰塔"为杭州造就了千古流传的"白娘子"的传奇故事，时时刻刻都让众多游人念念不忘，流连忘返！也许"岳阳楼"比岳阳城更有名气，可以说有了"滕王阁"才使南昌城更具历史光彩……不管是"黄鹤楼"、"雷峰塔"，还是"岳阳楼""滕王阁"，它们都是一座城市的文化符号，都是一座城市的标志性建筑，而开封呢？开封的文化符号和标志性建筑是什么呢？回答是肯定的，那就是开封鼓楼。令人遗憾的是开封的文化符号和标志性建筑却被人为地铲除了。开封鼓楼虽说在开封一时消失了，但它作为古城文化的一个特殊载体，却依然矗立在每一个开封人的记忆和心灵中。

鼓楼复建是重塑开封之魂。

鼓楼复建是再现开封历史之辉煌。

开封人下决心要把丢失的历史文化再重新找回来。

中国共产党第十七届六中全会上，提出了令人振奋的"促进文化大发展大繁荣"的响亮口号，在这种大氛围、大气势的影响下，古都开封发生了前所未有的惊人变化。

"郑汴一体化"的强劲之风，猛烈地刮了起来。

"开封宋都古城文化产业园区"被文化部命名为国家级文化产业示范园区。

"把开封打造成国际文化旅游名城"的城市规划发展的总思路已经形成。

当然，开封的鼓楼复建也被列为文化产业园区建设第一梯队的"明星项目"。

2011年3月，鼓楼复建项目正式成为开封市委、市政府的重要议题。市委、市政府多次召开专门会议，专题讨论开封鼓楼的复建问题。市委、市政府认为：在《国务院关于支持河南省加快建设中原经济区的指导意见》的前提下，在"开封宋都古城文化产业园区"的发展规划中，有必要将鼓楼复建列为开封市的重大文化项目。在当前我省正在着力打造华夏历史文明传承区的大背景下，伴随着时代的发展，复建鼓楼是历史发展的需要，是打造古城风貌、培育新的旅游增长点的需要，既能提高开封在国内外的知名度，又符合开封人民多年来修复缺失文化的愿望和要求。

鼓楼复建被开封市委、市政府列为2012年开封市重点工程。

通过专家论证，通过多次讨论，通过广泛征求各方意见，开封市委、市政府对鼓楼复建提出了具体实景规划：开封新建的鼓楼要具有很高的艺术价值和审美情趣。不仅雄伟壮观、高耸挺拔，还要符合历史，保持风格。新鼓楼与开封的龙亭、大相国寺等建筑保持一致风格，即清代的建筑风格。

为了保持开封的新鼓楼具有传统与现代相结合的特点，鼓楼复建指挥部决定所用材料采用钢筋混凝土和木料相结合的办法，小木构件等使用木材，屋顶瓦件以灰瓦为主，使用旋子彩绘对房屋进行全面彩绘。彩绘工艺中将结合沥粉、贴金、扫青绿等手法来加强装饰效果，使建筑外观显得辉煌绮丽、多姿多彩。

根据鼓楼复建工程指挥部成员、盛丰置业有限公司总工程师洪星的介绍，开封的新鼓楼主要设计理念有三点：一是在尊重光绪七年（1881）所修建鼓楼的基础上，适当将基台尺寸放大（原尺寸为 24 米×19 米；现尺寸为 32 米×27 米），以此体现出新鼓楼的宏伟气势；二是新建的鼓楼中心轴位置保持与鼓楼街、寺后街中心对直；三是方便开封的新鼓楼与周边通行。

开封鼓楼复建后，北面与古色古香的书店街连通，南面与热闹非凡的马道街相连；东面是鳞次栉比、店铺林立的鼓楼街，西边是历史悠久，遐迩闻名的寺后街；西南方向与新建的大相国寺的资圣阁遥相呼应。新鼓楼将成为古都开封传统商业文化中心的标志性建筑和现代国际文化旅游名城核心区的重要景点。

开封鼓楼复建开工前夕，市委、市政府再一次组织专家进行讨论。论证会上，与会专家一致认为：鼓楼复建是恢复古城开封历史风貌的重要环节。复建鼓楼要以文化为载体，以历史为主线，同时对鼓楼周边区域进行改造。鼓楼复建要从保护文化遗产、延续历史文脉、挖掘文化优势、整合文化资源、激发古城活力、重塑古城形象出发，实现开封的文化复兴，为古城的再度崛起而注入新的活力。

专家们对开封鼓楼复建的基本设想是以古城历史文化为主题，恢复古城标志性建筑和景观，再现古城风貌和风采。一是根据文献记载和遗留下来的老照片，作出复建的详细规划；二是充实体验性、参与性活动，充分展示古城开封的民俗和民风。出于对原址根基文物的保护，原来鼓楼的基座会按照原址下沉，在地下设置一个古文物保护的遗址景观，供前来游览的游客观赏，进而深刻感知开封深厚的历史文化。

专家们还强调：鼓楼复建是还原古城开封的历史原貌，在设计时要慎重参考开封鼓楼各个历史时期的有关图片、资料以及鼓楼广场城市总体规划，务必使建成后的新鼓楼完全呈现出明清建筑的风格，以达到古朴典雅、厚重大气、尺度适宜，使之与开封其他文物古迹的文化氛围相适应。鼓楼复建要以新鼓楼中轴线为核心，以带动整座历史文化名城的发展，并且要以新鼓楼为核心，辐射周边环境，精心打造体现古都历史文化风俗、风貌。通过复建鼓楼，再次展现开封古城的历史风貌以其为龙头带动区域发展，形成与书店街、寺后街、鼓楼街、马道街为一体的"一楼四街"的文化景观带。

开封市委、市政府非常重视各个方面专家的建议和设想，综合开封市各个社会阶层民意代表的参考意见，最后拍板敲定：

开封市鼓楼复建工程项目于 2012 年 4 月正式开工建设，总投资为 6 亿元人民币。

开封市鼓楼复建开工的同时，以明清时代的建筑风格对鼓楼街、寺后街进行街景整治改造工程，街景整治改造工程由哈尔滨工业大学进行具体规划设计。

至此，鼓楼复建攻坚战的大幕终于在古城开封的中心正式拉开。

2012 年 4 月，正是春风浩荡、万物更新的大好时节，开封鼓楼复建的施工队伍大批大批地涌进施工现场，开始了一场世人关注、前所未有重现开封鼓楼的伟大创举。

隆隆的机器轰鸣中，一台台大型施工机械开进了广阔的鼓楼广场。

　　紧张有序的指令声中，一座座高耸入云的塔吊在以鼓楼广场为中心的东西两方接连竖起。

　　塔吊的顶端高高飘扬着鲜红的红旗，塔吊的塔身上扯着醒目耀眼的巨幅标语：鼓楼复建——重塑开封之魂！

　　"鼓楼复建——重塑开封之魂"的实体攻坚战在全市人民的密切关注下，在开封市委、市政府主要领导的殷切期望中，在上千名建筑劳动者的奋力拼搏中全面打响了。

　　开封市委书记对开封的鼓楼复建作出了重要批示："实施鼓楼复建工程是开封人民的共同夙愿，作为建设国际文化旅游名城的一项重要工程，它对于提升开封城市形象意义重大，要下大力气、动大手术、投大资金，让开封鼓楼尽早重放异彩！"

　　开封市市长对鼓楼复建提出了明确的要求："要从打造开封文化名片、建设国际文化旅游名城的高度，按照外在古典、内在时尚的要求，瞄准最高标准，将鼓楼复建工程打造成展示开封新宋风城市建筑风格的平台和窗口！"

有了市委书记、市长的重要指示和要求，执行鼓楼复建的工人们干劲倍增、信心满怀。

开封的鼓楼复建存在着工期紧、地质复杂、周边商户积聚、交通压力大等一系列特殊的不利因素，建筑工人们在保证质量的前提下克服这些不利因素，是要付出艰辛的努力和高昂的代价的，好在这是一支训练有素、吃苦耐劳、能打硬仗、有责任心的队伍。

酷暑来临了，烈日当头，开封室外的最高温度一下子蹿升到41℃。鼓楼复建工地像一座热气升腾的大蒸笼，闷得人有些透不过气来，建筑工人们却要戴着安全帽、穿着工作服，进行手脚并用的体力劳动。有的人还要挥舞大锤，有的人还要手握焊枪，有的人还要高空作业……不可想象，此时鼓楼复建的工人们为了开封鼓楼的重新屹立，流了多少汗、吃了多少苦！

严冬来临了，朔风呼叫，西伯利亚的滚滚寒流袭击中原大地，古城开封的最低气温一下子跌到零下11℃。滴水成冰、冰冻三尺，鼓楼复建工地上，挂起了近1米长的冰凌子……脚手架上的水管冻实了，工人们用火烤开，用自己的棉大衣包到水管上；刚刚浇筑的混凝土瞬间就结了一层薄薄的冰，工人们怕质量出问题，急忙抽出帐篷里自己栖身的草垫，盖到混凝土上；坚硬的沟槽地面冻得硬邦邦的，大铁镐抡下去，只是出现一个白点，工人们甩掉棉衣猛干，双手的虎口都震出了血……

开封鼓楼复建地下工程的项目规划设计是由中国人民解放军总参工程兵科研三所和河南大建建筑有限公司共同承担的，要求非常高、工艺非常细、施工过程非常难。施工单位的技术人员不敢有丝毫马虎，他们认真核对图纸，一遍又一遍检查施工环节，每一个细小的地方都不放过，确保鼓楼复建地下工程的高速度、高标准、高质量同步而行。

尽管鼓楼复建地下工程的技术人员多方考虑，精益求精；尽管施工单位的建筑工人小心谨慎，认真施工，但意想不到的险情还是发生了。

在隆隆的各种施工机械的轰鸣中，位于鼓楼广场西侧的百年老字号又一新饭店正常营业。虽说鼓楼复建工程给饭店的正常营业带来诸多不便，但又一新饭店的职工克服困难，坚持上班。饭店后勤工作人员不停地在饭店的各个角落进行巡逻，生怕出现什么意外的安全问题……突然，一位工作人员发现饭店的地下室进了水，他急忙从地下室里跑出去，看到门厅已经开始下陷……此时，施工现场的挖掘机还在不停地工作……工作人员看见情况万分危急，大声对正在施工的挖掘机司机大喊："快跑，门厅就要塌了！"挖掘机司机大吃一惊，慌忙从挖掘机里钻出来，跑到安全的地面上。挖掘机司机刚刚跑到安全的地面上，只听"呼隆"一声巨响，整个又一新的门厅就坍塌了，挖掘机被埋在坍塌的废墟里。

百年老字号又一新的门厅整个坍塌的同时，鼓楼广场东侧的又一家百年老字号王大昌茶庄也接连出现险情。先是茶庄天花板上出现20多厘米的裂缝，接着又掉下五六块天花板的板块……很快，茶庄的地板上又出现5厘米宽的裂缝，并且裂缝愈来愈大……整个茶庄的房子开始向南倾斜……情况非常危险，随时随刻这座有着上百年历史，民国初年的中西合璧式的老字号建筑都有坍塌的可能……

不远处的大众宾馆也是一座老房子，靠南边的外墙也出现了一条很明显的大裂缝，大裂缝愈来愈长、愈来愈宽……

经过工程技术人员的认真分析，认为出现这一系列险情是因为地下施工抽排地下水导致周边建筑物地基沉降所造成的。

找出了原因，立即进行补救，在有关工程技术人员的指导下，施工单位迅速对鼓楼广场周边发生险情的建筑物进行加固、维修，同时又把地下施工道路的两侧都打上钢筋混凝土，专门做了12.5米深、60厘米厚的地下连续防护墙，有效地杜绝了对地面建筑的损坏。

春去夏来，开封的鼓楼复建迎来了又一个夏天，宽阔的鼓楼广场上已经矗立起新鼓楼的高大身影，各项工作已进入最后冲刺阶段。

开封的市民关心着新鼓楼的最后形成，他们自发地来到施工现场，为建筑工人加油鼓劲、送吃送喝。家住书店街的退休工人刘祥顺用自己的退休费买了一车凉甜的大西瓜送到了工地，鹁鸽市的王素珍大嫂在自家门口支了一口大铁锅，专门给建筑工人们烧开水……

在开封新鼓楼的最后冲刺阶段，市委、市政府的领导更是关心。

7月10日上午，开封市专门召开了鼓楼复建专题会议，市委书记、市长以及市直相关部门、鼓楼区负责人都参加了会议。会议召开前，市委、市政府主要领导曾到施工现场进行实地察看。在随后召开的专题会议上，市委、市政府主要领导认真听取了各单位汇报工程进展情况，并就当前存在的问题进行逐项研究，明确具体的责任单位、时间和节点。

市委书记在专题会上提出四项要求：一是坚持高标准。要把鼓楼复建放在一个整体中，从地面到天际线，再到每一个具体的细节，都要严格按照规划，坚持高标准，真正作出古街的特色、体现古城的气派。二是商户顾全大局。鼓楼复建工程完成后，这里将成为开封市重要的观赏游乐区，成为全市商业重地，因此实施该项工程，最终受益者也是周边商户。要动员广大商户站在大局的高度，主动配合工程的实施。三是部门配合好。建设开封、美化开封是每个开封人的共同职责，各相关部门要根据工程总体需要，积极行动，克服困难，主动服务，千方百计加快工程进度，展示部门形象。四是管理要优化。要针对鼓楼及周边街区的管理，尽快拿出科学的管理方案，建立有效的管理机构；要建立硬性标准，确立"三不准"的原则，即不准乱设置广告、不准店外摆摊、不准店外放音响；要采取稳妥措施，逐步对周边商业业态进行合理布局、规范提升。

市长对近一个时期鼓楼复建工程进展情况给予充分肯定，并就进一步做好该项工作也提出了几项要求：一要进一步加强领导。要建立完善高规格的指挥部，并充分发挥其在协调、决策等方面的作用。二要进一步明确任务。要明确工程建设的任务表，将任务明确到单位、明确到领导、明确到具体的人，对照任务表抓好跟踪问效。三要进一步加强进度。各部门要倒排工期，强力推进，全面加快施工进度；市监察局要集中力量展开一次大的效能监察活动，推动各项工作的落实。此外，对于鼓楼及周边街区的交通、市场、广告、卫生等各项管理工作，要提前进行通盘考虑，及早作出安排部署。

鼓楼复建已接近尾声。

9月7日下午，鼓楼复建工程施工现场红旗招展、机器轰鸣，一派繁忙的施工景象，鼓楼复建的工程进度明显加快，高高的塔吊不停地起上起下，把新鼓楼的顶层装饰材料源源不断地运送到施工人员的手中；运送混凝土的巨型罐车不断地穿梭在新鼓楼四周，建筑工人们正在进行基础筏板的绑扎与浇筑；各种铺设路面的大型机械也开进鼓楼复建的工地，开始进行新鼓楼周边的混凝土浇筑和路面铺设……

开封市委领导在鼓楼区有关负责人的陪同下，再次来到鼓楼复建工程施工现场，察看工程进展情况和慰问正在进行紧张施工的一线工人。市委领导向工人们问寒问暖，询问他们的工作情况、身体情况和家庭情况，询问他们有没有什么困难需要解决。最后，市委领导向参加鼓楼复建的全体工作人员提出殷切期望：目前鼓楼复建工程整体建设顺利，下一步要全力以赴、加快进度、确保质量、保证工期。在工程建设中，施工方需要有关部门协调解决的难题，要及时与鼓楼区有关负责人进行对接；要在确保工程质量的前提下，严格按照工期，加快工程建设，确保按时按质完成任务，向全市人民交一份满意的答卷。

接着，主管副市长又要求燃气、强电、弱电、供水等部门全力配合，确保鼓楼复建最后收尾工作的正常运行。

春风吹开了百花盛开的笑脸，秋风催熟了挂满枝头的累累硕果。"一年一度秋风劲，不似春光，胜似春光！"古都开封又迎来了一个秋菊飘香的金色季节。"秋来谁为韶华主，总领群芳是菊花。"中国开封第三十一届菊花文化节就要来临了，八朝古都再一次展现出"十里长街十里菊，十里香风醉汴京"的人间仙境……在这"十里长街十里菊，十里香风醉汴京"的人间仙境中，人们突然又发现了一道耀眼的亮丽风景——开封鼓楼再度屹立！

中国最早的鼓楼在开封，又成了眼见的现实。

"到西安看钟楼，到开封看鼓楼"，又成为人们旅途中最新的感受。

开封鼓楼在开封再度屹立，多少人在欢呼！多少人在赞叹！多少人在惊奇！

公元 2013 年 10 月 17 日，新华社向全世界发布消息："开封鼓楼复建后开放迎客——总体呈现明清建筑风格，成为古都开封的一张文化名片！"

这是一座什么样的鼓楼呢？

鼓楼复建工程指挥部成员、盛丰置业有限公司副总工程师王孝才介绍说："开封的新鼓楼是在高度尊重历史的基础上，结合鼓楼广场周边现有建筑高度设计建成的。通高 28.8 米，南北长 32 米，东西宽 27 米，尽显鼓楼的雄伟和磅礴气势。新鼓楼整体为 5 层，基台以下两层，基台以上 3 层。其中基台高 10.5 米，鼓楼门洞高 5.5 米，基台以上第一层楼高 3.5 米，第二层、第三层楼高 4.5 米，新鼓楼盖帽高 5.8 米。新鼓楼雄伟壮观、高耸挺拔，具有很高的艺术价值和审美情趣。鼓楼复建不仅是在修复一座建筑，更是在修复缺失的文化。新鼓楼必将焕发出光彩四射的魅力！"

中国宋史研究会副会长、河南大学教授程民生说："复建鼓楼是历史发展的需要，是打造古城风貌、培育新的旅游增长点的需要，能提高开封在国内外的知名度，也是开封人民多年来的愿望。鼓楼在开封历史上的地位非常重要，只有鼓楼才能真正象征和代表开封这座城市。开封人对鼓楼有着深厚的感情，总是坏了修，毁了再建，它是古城开封一座标志性建筑，也是一座不该消逝的古建筑。"

开封鼓楼巍然屹立，眼望着巍然屹立的开封鼓楼，开封人激动万分！

60 岁的开封老人张利平带着耗费自己 3 个多月心血的绣品《贺鼓楼复建》来到鼓楼区，交给鼓楼区的工作人员。这幅绣品上有一首七言绝句诗。诗曰：

神州轻拂黄河风，

开拓封疆万年功。

无远弗届鼓声响，

声震天中如雷声。

蓝天白云，大地做证，古城开封的人民又一次点燃了复兴强盛的火，又一次唤醒了历史王都繁华的梦！

开封鼓楼曾经辉煌，千秋传颂，美哉！

开封鼓楼再度屹立，气贯长虹，壮哉！

阳春白雪映吹台

古都开封的东南角，有一片神奇而幽静的园林。在这片神奇而幽静的园林中，几乎囊括了中州大地所有的珍木奇卉。世界著名的荷兰花卉专家简森不远万里来到这里进行考察，止不住惊叹："这里树木花卉的品种、数量和绿化覆盖面积在我们花卉王国的荷兰也很少见哪！"这里的风水好、灵气大，就连那很不服外域水土的东洋关山樱、朱雀樱也在这里生根开花、茁壮成长……

更让人吃惊的是：在这片神奇而幽静的园林中，一座更加神奇的"吹台"拔地而起，高高地矗立在五彩缤纷的珍卉奇木之上。

不要小看这个高高的吹台，华夏文化中最经典、最正统、最高雅的乐曲《阳春》《白雪》就诞生在这里。

受《诗经·大雅》中灵台的影响，春秋时期，诸侯列国争建台榭，以示儒风。楚国在都城郢郊建造了规模庞大的章华台；吴王在江南苏州筑建了亮丽多姿的姑苏台；卫国在中原要地仪邑（今河南开封）建起了一座龟蛇形的吹台。

"吹台"顾名思义，就是供乐师们演奏吹弹的演出场所。

吹台建成之后，立即吸引了天下众多的能人贤士，诸侯各国的乐师巨匠纷纷来到这里，持琴操箫，登台亮相，施展绝技，试比高低……

这天，吹台之上突然来了一位双目失明的"乐圣"，准备亮相两首修炼多年的高雅曲子。

这位双目失明的"乐圣"，就是来自晋国、自称"瞑臣"的大音乐家师旷。

师旷，字子野，山西洪洞人，是中华民族有史料记载的最早的杰出音乐家。

关于师旷的故事，真是太多、太多！

《淮南子·原道篇》中记载"师旷之聪，合八方之调"，可见师旷的音乐造诣有多么精深。

《广博物志·卷三》中记载"师旷鼓琴，通于神明，而玉羊白鹤，翾翔坠投"，可想师旷弹奏的曲子有多么神奇动听。

《史记》中记载了这样一段生动的故事：

师旷在晋国刚刚成名的时候，晋平公就把他召入宫廷后花园里，要他当面为自己弹奏一首悲哀的曲子。师旷不愿弹，怕晋平公听了动情伤身。晋平公坚持要听，并且说曲子越悲越好，思想上有准备，不全动情的。师旷无奈，只得摆好七弦琴，轻轻拨动琴弦……即刻，柔情似水的琴声飘向四面八方。琴声愈来愈凄凉，凄怆悲伤的旋律笼罩了一切。不一会儿，

正在天上飞翔的玄鹤，纷纷落到了师旷的身旁，伸长脖子哀鸣。见此情景，晋平公异常激动地说："绝，真绝！"接着又问："还有比这更悲伤的曲子吗？"师旷答："有。但是太凄凉，而且天气要变，大王不能再听了！"晋平公是个非常固执而又特别自信的人，坚持说："我要听，你弹下去！"师旷不再言语，神指妙动，让七弦琴又响起来。更加悲伤的曲子在空中回荡，天地忽然变得阴暗凉怆，呼呼的朔风刮起来，枯叶败草纷纷飘落。突然间雷鸣电闪，苍天落泪，下起了倾盆大雨。触景生情，晋平公不由自由地大动感情，仰天长叹，号啕大哭。自此以后，晋平公就患了重病，整日卧床不起，长吁短叹，忧愁满肠。宫里的太医使尽浑身解数，也没能治好晋平公的病。眼看着自己的病情愈来愈重，晋平公只好又把师旷请到身边，问："你能给我弹一首解闷的曲子，让我的病情好转吗？"师旷信心十足地说："能。我一曲终了，定让大王的贵体自然康复。"言毕，师旷调好琴弦，开始演奏。绝妙深奥的琴声响起来，如说如唱、如劝如解。琴声回荡在晋平公耳旁，把他想当霸主、又不能实现的心事表达得淋漓尽致，同时也把未来的光明前途描绘得清清楚楚。晋平公听得如痴如醉，猛地拍手叫绝，病一下子全好了！

后来，晋公平就把师旷留在宫中，封为"乐圣"。

今日，就是这位盲人"乐圣"，要给天下的乐师高手们演奏两首苦练多年的高雅曲子。

此时，天空灰暗，阴云浓厚，寒气袭人。

师旷在高高的吹台上端坐，面南背北，拨动七弦琴，开始演奏……激越、昂扬、神奇、超脱的琴声响起来。这调子、这旋律令人耳目一新，给人一种捉摸不定、从未有过的感觉。像蛟龙出海，惊心动魄；像汪洋浩瀚，涛声贯耳；像幽泉泻崖，风发水涌；像潺潺缓流，响彻空山……云空中的阴云开始淡薄，渐渐露出太阳的轮廓；大地上的寒气慢慢消散，微微地暖冉冉而升。师旷的身子犹如一尊铁铸的佛像，纹丝不动，稳若泰山；师旷的手指好似春燕戏水，轻盈而飞快，洒脱且超俗，更加激越、更加昂扬、更加神奇的琴声又响起来。天际中的最后一片云彩消失，天空变得瓦蓝瓦蓝。明晃晃的太阳高挂空中，把盛春的温暖尽兴地喷洒出来。大地上的寒气早已无影无踪，阵阵暖流扑向睡眼惺忪的万木千卉。细柳吐出了白絮，白杨萌发了嫩叶，迎春花开了，杜鹃花开了……

就在此时，琴声戛然而止。

众乐师惊愕，齐声问："这是什么曲子，如此高尚神奇？"

师旷微微颔首，答曰："《阳春》！"

第二天，师旷又开始弹奏第二首曲子。

天气仍然晴朗，天空仍然瓦蓝。

师旷的琴声在吹台上又响起来。

这次的琴声凄怆而哀凉，像是在吟唱一首扯人心肺的挽歌。

七弦琴低沉地嗡鸣着，把一种哀怨悠长的旋律一层一层地释放出来，形成一股无穷的穿透力，扑向山河、冲上云天、弥漫大地。琴声开始变换，把一种空旷、久远、深邃的意境毫无遮掩地展现出来，好似夜阑人静、泉清月明；忽而响起渔舟破水之声，突然又爆发出惊涛拍岸的阵阵巨响，接着风平浪静，竹叶迎风，山雀啼鸣……

师旷像睡着了一样，浑身上下散发出一种飘飘欲仙的气息，头不动、身不动，只有 10 个手指在动。

更加空旷、久远、深邃的琴声又响起来了。天色渐渐发暗，铅块似的云朵又遮住了太阳，整个宇宙变成灰蒙蒙的一片。大片大片的雪花从云空中飘落下来，一层一层地铺盖到大地上。房子变白了，山川变白了，树木变白了，花卉变白了，一切都变白了！

琴声悄然消失，一抹阳光从窄窄的云隙中泻流出来，在皑皑世界划出一道耀眼的亮光……

众乐师大惊，齐声问："这是什么曲子，如此深奥玄妙？"

师旷站起身，答曰："《白雪》！"

众乐师齐声欢呼，一致赞同把《阳春》《白雪》定为天下最经典、最正统、最高雅的乐曲。

公元前613年，楚庄公任用孙叔敖为令尹，整顿内政，发展生产，"举不失德""赏不失劳"，很快使楚国成为春秋时期强大的国家。接着，楚庄公又亲率大军，攻打陆浑戎，饮马黄河边，走上争霸中原的战争。楚国先后吞并45个诸侯国，成为疆土最大的霸主国家。楚灵王当政的时候，大兴土木，召集天下10万能工巧匠，在章华台四周又建起了富丽堂皇的章华宫。章华宫有楼阁亭台3000余间，住有花工、乐师、歌女3000多人。为表高雅，以示国威，楚灵王索性把师旷在仪邑吹台上演奏的《阳春》《白雪》定为"国曲"，让乐师、歌女们在章华宫里整日演唱。

到了战国时期，强大的魏国建都大梁（今河南开封），梁惠王大规模地整修、扩建了吹台，使吹台的名气愈来愈大。

西汉的刘武，被封为梁孝王，定都大梁。刘武斥巨资，围绕着吹台又建造了一座举世无双的庞大"梁

园"。当时的梁园绵延数十里，园中建有"栖龙""落猿岩""鹤州""凫岛""雁池"等诸多人间仙境式的楼阁亭屋，园里还种养了数不清的奇花异草与珍禽走兽。吹台在绿树成荫的映衬下，在万花盛开的灿烂中，在鸟语兽鸣的环境里，高高矗立，名扬天下。吹台不仅吸引了天下大批著名的乐师，同时也把天下大批才华横溢的诗人们吸引过来了。

佯狂放诞的阮籍，在他的 82 首五言《咏怀》之 31 中写道：

驾言发魏都，

南向望吹台。

箫管有遗音，

梁王安在哉。

唐天宝三年（744），诗仙李白、诗圣杜甫、边塞诗人高适，喜聚汴州（唐代开封称汴州），同登吹台，上演了一次万众瞩目的"诗歌朗诵会"。

面对失去往日繁华的梁园，诗仙李白首发感叹：

我浮黄云去京阙，挂席欲进波连山。天长水阔厌远涉，访古始及平台间。平台为客忧思多，对酒遂作梁园歌。

却忆蓬池阮公咏，因吟渌水扬洪波。洪波浩荡迷旧国，

路远西归安可得。人生达命岂暇愁，且饮美酒登高楼。

平头奴子摇大扇，五月不热疑清秋。玉盘杨梅为君设，

吴盐如花皎白雪。持盐把酒但饮之，莫学夷齐事高洁。

昔人豪贵信陵君，今人耕种信陵坟。荒城虚照碧山月，

古木尽入苍梧云。梁王宫阙今安在，枚马先归不相待。

舞影歌声散绿池，空余汴水东流海。沉吟此事泪满衣，

黄金买醉未能归。连呼五白行六博，分曹赌酒酣驰辉。

歌且谣，意方远。东山高卧时起来，欲济苍生未应晚。

此诗是李白怀着浓重的失落感而吟唱的。在此之

前，李白在京城宫内因为一句"可怜飞燕倚新装"的诗句，得罪了天姿国色的杨贵妃而被唐玄宗李隆基"赐金放还"，不得已走出长安城，东游大梁。因此，当李白登上吹台，看到满目疮痍的梁园景观，大发感叹，用极其低沉和迷茫的音调写了这首《梁园吟》。

号称诗圣的杜甫比诗仙李白小 11 岁，两个人的情感很不一般。杜甫非常思念李白，经常"生别常恻恻""故人入我梦"。这次在吹台与李白、高适相遇，杜甫的心情非常激动，直到晚年，他对这次的"吹台相会"还记忆犹新，赋诗写道：

忆与高李辈，
论交入酒垆。
两公壮藻思，
得我色敷腴。
气酣登吹台，
怀古视平芜。

边塞诗人高适在吹台上与诗仙、诗圣不期而遇，一反过去那种"战士军前半生死，美人帐下犹歌舞"的悲壮与浩气，应景而作，挥笔写下了《古大梁行》：

古城莽苍饶荆榛，驱马荒城愁杀人，
魏王宫观尽禾黍，信陵宾客随灰尘。
忆昨雄都旧朝市，轩车照耀歌钟起，
军容带甲三十万，国步连营一千里。
全盛须臾哪可论，高台曲池无复存，
遗墟但见狐狸迹，古地空余草木根。
暮天摇落伤怀抱，抚剑悲歌对秋草，
侠客犹传朱亥名，行人尚识夷门道。
白璧黄金万户侯，宝刀骏马填山丘，
年代凄凉不可问，往来唯见水东流。

　　三位大诗人在吹台上留下绝妙的诗句之后，拂袖而去，但给灵气十足的吹台又留下一个"千金买璧"的动人故事：

　　李白、杜甫、高适离开汴州城的第二天，汴州城有名的才女宗小姐便带着丫鬟、仆人登上吹台游玩，猛然间发现了墙壁上李、杜、高三人的诗篇，喜不自禁，接连读了好几遍。尤其是李白的诗，更让宗小姐惊叹不已、流连忘返。就在此时，掌管吹台的一位僧人走过来，抓起抹布就去擦墙上的诗。宗小姐伸出玉臂，挡住僧人，说："这诗不能擦！"僧人说："这墙壁又不是你家的，为何不能擦？"宗小姐说："不是我家的，但是我能买下吗？"僧人说："买？你知道这面墙壁值多少钱？"宗小姐不屑一顾地说："随你要。""随我要？"僧人吃惊地问。"嗯，随你要。"宗小姐毫不含糊地点点头。僧人想了想，说："这面墙壁嘛！嗯，要想买下，嗯……最少也得1000两银子！"宗小姐一笑，立即命佣人去家中取来1000两银子，当真买下了这面墙壁。

宗小姐买下这面墙壁之后，经常带着丫鬟坐在李白写的诗歌前抚琴吟唱，浮想联翩，不能自拔。

诗仙李白听说吹台上"千金买壁"的故事后，深为震动，决定重返汴州，面见买壁的宗小姐。李白和宗小姐一见钟情，相见恨晚，很快结成了夫妻（这个时期，李白的夫人许氏已经去世）。李白和宗小姐成婚后，互敬互爱，生活美满而幸福。两个人经常进入梁园，登上吹台，吟诗作画，谈古论今，一下子持续了10年之久。李白有诗为证："一朝去京国，十载客梁园。"（载李白《书情赠蔡舍人雄》）

因吹台之缘，诗仙李白在汴州成家之说，大文豪、大历史学家郭沫若专门进行过考证，称李白"在梁园也有家，往来于此，累十年之久"（载郭沫若

《李白和杜甫》）。

"柳阴如雾絮成堆，又引门生上吹台"，从五代后周开始，古老破落的吹台又趋繁荣。

北宋开国皇帝赵匡胤建都开封后，对吹台又进行了大规模的改建，并在其四周建起了许多道观庙宇，给本来就深奥玄妙的吹台又增添了许多神秘浓重的宗教文化色彩。宋朝宫廷举行大型祭祀活动的天坛，当时就设在吹台附近。

明朝嘉靖二年（1523），开封人由于饱受黄河之灾，希望治水之神大禹给予保护，便在吹台之上又修建了一座禹王庙，并且将每年的三月三日定为"东京禹王大庙会"。关于东京禹王大庙会的盛况，清代小说《歧路灯》中描写得异常详细，颇值一读：

每年三月三日有个大会，饭馆、酒棚何止数百，若逢晴明天气，这些城里乡间公子王孙、农夫、野老、贫的富的、俊的丑的都来赶会，就是妇女也有几百车……其余小儿耍货、小锣鼓、小刀枪、鬼脸、吃棒槌之类也有十来份子，枣糕、米糖、酥饼、角黍等项，不必细述……

上车出南门往东，向繁塔来，早望见黑压压的周围七八里大，一片人，好不热闹，但见：演梨园的彩台，高擎锣鼓，响动处，文官晋笏，武将舞剑，搬演故事的整队远至，旗帜飘扬，时仙女挥坐，恶鬼荷戈。酒帘儿飞在半天里，绘画着吕纯阳醉扶柳树精，还写着"现钱不赊"。药幌儿插在平地上，优侍的孙真人针刺带病虎，却说是"贫不计利"。饭铺前，摆设着山珍海味。跑堂的抹布不离肩上。茶馆内摆列着瑶草琪花，当炉的羽扇常在手中。走软索的走的是二郎赶太阳，卖马解的卖的是童子拜观音。果然了不得身法巧妙。弄百戏的弄的是费长房入堂；说平书的说的是张天师降妖，端的夸不尽武艺高强。绫罗绸缎铺，斜坐着肥胖客官；骡马牛驴厂，跑坏了刁奸经纪。饴糖炊饼遇儿童自夸香甜美口；铜簪锡钮逢妇女说道减价成交。龙钟田妪拈瓣香呢呢喃喃，满口中阿弥陀佛；浮华浪子把鹌鹑，挨挨挤挤，两眼内天仙化人。聋者凭目，瞎者信耳，都要来领略一二，积气成雾，哈声如雷，亦可称气象万千。

　　后来的东京禹王大庙会，又增添了许多地方戏剧节目，成了"祥符调""曲剧""坠子""二夹弦"等戏曲演唱家们亮相比试的大舞台，使千年吹台又折射出五彩缤纷的戏曲文化色彩。

　　明朝嘉靖四十一年（1562），开封人曾将吹台之上的"三贤（即李白、杜甫、高适）祠"改为"五贤祠"，为的是纪念敢于和残暴官僚作斗争的大诗人李梦阳、何景明。李梦阳、何景明二人与徐祯卿、边贡、康海、王九思、王廷相合成"前七子"。尤其是李梦阳，高风亮节，针砭时弊，反对腐败，不畏权势，受到广大民众的爱戴和敬慕。李梦阳系甘肃庆阳人，弘治进士，任户部郎中，后来因其父李正到开封周王府任教，便随家人迁居开封。明正德年间，李梦阳因反对宦官刘瑾浊乱朝政而被捕入狱。刘瑾倒台后，李梦阳再次复出，曾任江西提学副使，著有《空间集》问世。李梦阳的诗在明朝嘉靖年间很有名气，就连当时著名的大诗人王世贞、李攀龙都尊他为师。李梦阳在开封生活期间，写了许多与开封有关的优秀诗篇，最著名的便是《吹台访菊》：

万里游燕客，

十年归此台。

只今秋色思，

忍为菊花来。

霜露凝秦望，

衣冠践楚材。

不堪分袂苦，

落日一鸿哀。

　　到了清代，古老的吹台居然得到了大清皇帝的青睐。

　　乾隆十五年（1750）八月，乾隆皇帝借着迷人的秋色，出北京、越漳河、经安阳、到孟津，渡过黄河，游览了古都洛阳，访问了中岳嵩山少林寺，最后来到中原名城开封，阅兵登吹台。

　　吹台后面的御碑亭里，至今还保留着乾隆皇帝登游吹台的绝妙诗篇：

京国探遗迹，
苔碑率隐埋。
何期得古最，
果足畅今来。
胜日停銮跸，
凌晨陟吹台。
传踪思颉旷，
作赋羡邹枚。
风叶梧青落，
霜花菊白堆。
寻廊揽郊郭，

俯楯极崔巍。

杜子真豪矣，

梁王安在哉？

无须命长笛，

为恐豫云开。

最后来吹台游览并赋诗的历史文化名人应该是"戊戌变法"的领袖人物康有为。

"戊戌变法"失败后，康有为逃亡日本，于1913年回国，在各地漫游。

1923年4月3日，大军阀吴佩孚在洛阳官邸做五十寿辰，各界社会名流竞相参加，康有为也前去祝贺，酒兴正浓时，康有为献上一副泥金对联让吴佩孚观看。上联写"牧野鹰扬，百岁勋业才半纪"，下联书"洛阳虎视，八方风雨会中州"。吴佩孚看到这副作为寿礼的贺联，高兴万分，拍案叫绝，除了盛宴招待康有为之外，还专门询问康有为有什么要求。康有为想了想说："鄙人别无他求，只是想借此机会，到古都开封一游！"吴佩孚满口答应，当时委派河南省财政厅厅长郑焯陪同康有为东去开封游览。康有为来到开封后，先后观赏了大相国寺、龙亭、铁塔等名胜古迹，最后拜访了禹王台公园中的吹台。当时的河南省省长张凤台，率领省政府的文武官员，在吹台上大摆宴席，为康有为饯行。康有为十分兴奋，诗兴大发，挥笔写下了七言长诗《古台感别留题》：

将军勒马出郊关，

前驱百骑走材官。

植幕都庐夹道滨，

马蹄沓沓扬飞尘。

省长同乘度城闉，

吏民环睹塞衢观。

远上吹台饯行人，

酒洒桧柏陈花薰。

将军先候立于门，

登高万里来风云。

芒砀云去不可闻，

大野极目雁鹜群。

桑柘欲雨阴霭纷，

园游农圃览耕耘。

短槐高柳绿皆新，

长沼圆亭泽似春。

碑前拓影留后因，

鹦鹉解语花馥芬。

松下行厨洗玉盘，

花边班剑酌衢尊。

酒酣挥毫感殷勤，

归时山河日未曛。

巍巍古吹台，悠悠三千年，高雅玄妙的神曲《阳春》《白雪》在高高的吹台上空依然回荡四方。时至今日，千古绝唱的大音乐家师旷（镏金塑像）依然跪坐在灵气横生的吹台上，面对七弦琴，背靠大气磅礴的《白云翻滚》《玄鹤群舞》的巨型壁画，挥动神指，拨弦演奏，向人们诉说着当年的《阳春》《白雪》的动人故事。

据说，每逢到了夜深人静的时候，吹台上便会响起一阵阵如泣如诉、如歌如水的琴声。琴声袅袅，余音绕梁，久久不散。

后　记

早就想写一本有关开封旅游文化方面的书，但因种种原因，一直未能实现，这次在种种原因的促使下，这个愿望终于实现了！以前的种种原因是工作太忙，抽不出时间，整日被小说创作缠着脱不开身，没有多余的空闲去采访等；现在的种种原因是退休了，工作不忙了，小说创作也不那么如痴如醉了，也有空闲时间去采访了。

我曾不止一次地说过：开封的本土文化太悠久、太灿烂、太辉煌啦！就像那漫天的繁星，你数也数不清！开封的旅游文化就是那漫天的繁星中一颗璀璨的星，星光耀眼，光芒四射。

我曾不止一次地写道：古城开封的故事真是多啊！就凭地下深埋的那7座城，就有说不尽、道不完的传奇故事，而开封的旅游文化就是那说不尽、道不完的传奇故事中的一根重要血脉，汩汩流淌，经久不息。

在我没有退休的时候，旅游局的一位同志就曾经饱含激情地对我说过：你们作家拿起笔来，认真写一写开封的旅游文化吧！你们作家有文化素养和写作技巧，写出来的旅游文化方面的作品肯定好看、耐看、受欢迎。我也曾经跃跃欲试，当时还当真组织了一些作家，准备将古都开封的旅游文化，分种类、分层次进行一次全新的挖掘，当时连写作大纲都拟好了，但后来还是因为种种原因而流产了。

这次出书，除了上边提到的原因，还有其他方面的原因。其一，是开封本土文化大气候的影响。在中央文化政策的引导下，开封的旅游文化显露出一种大兴起、大繁荣的强劲势头，很有一种"山雨欲来风满楼"的激荡之势。这种激荡之势让有文化的人坐立不安，让有创作水平的作家不自主地拿起笔来，去关注一下、去尝试一回那曾经辉煌至极，眼下又东山再起的开封旅游文化。我也可以说就是在这种大背景下，受这种激荡之势的影响，奋力起笔，去尝试一次旅游文化方面的写作吧！其二，写一本有关开封旅游文化方面的书，我是有信心、有优势的。先不说我以前在文联工作时曾经分管过民协的工作，曾经和开封的民间文化、旅游文化近距离地接触过，并且还曾多次亲身参与了政府、宣传部、文联、电视台等部门组织的有关开封旅游文化方面的写作活动。比如在 2003 年由开封电视台拍摄，获省电视专题片一等奖的大型旅游文化专题片《我在画龙亭》的创作过程中我担任总撰稿；比如 2009 年由市委书记、市长亲自策划并担当编委会主任的开封大型旅游文化丛书《开封故事》出版发行时，我曾担任编辑，并参与撰写了《阳春白雪的故事》《跑马圈城》《大相国寺轶事》等多篇有关开封旅游文化方面的传奇故事；比如在2014年由河南文艺出版社出版的《一河两街三秀》的书中，我曾写过2万多字的报告文学《声震中天话鼓楼》等等。大量的时间和机会都让我有幸和开封的旅游文化进行了热切的接触和有力的磨合，现在把那些储存的素材收集起来，再重新写一些新的内容，组成一本有关开封旅游文化方面的书，岂不是一件"近水楼台先得月"的事情？

通过一段较长时间的收集整理、查找资料、现场采访、实地考察、重新撰写，这本名为《东都风景》的书终于成形、问世了。关于这本书的内容，我认为有两个亮点：一是我想极力推出古都开封最有代表性的"六大名胜"（当然这是我个人的看法），形成一种特别的、勾人眼球的辐射力，以此带动整个开封旅游文化方面的整体效应。开封还有许多值得大写特写的风景名胜，我不可能把它们都一一写完，我选定的这"六大名胜"只是其全部中的重要部分，另外也想借此机会，打造出古都开封旅游文化的另外一张亮丽的名片，即：除了人们关注的"汴京八景"，还有同样让人关注的"开封六大名胜"。"六大名胜"要和"汴京八景"互相映照，同时生辉。二是在写作过程中，我极力想把古都开封的这最有代表性的"六大名胜"写出点特色来，尽管有的篇章的写作手法有所不同（因写作时间不统一，又想保留某些稿件的原来面貌），但还是力求做到既有历史性、文学性，又有知识性、传奇性的文章特性，所有的篇章都尽力做到既有真实历史的阐述，又有传奇故事的辅助，让人看了之后有所联想、有所感叹、有所回味。

因时间仓促，加之不是地方旅游文化方面的专业人士，书中难免有这样那样的不足，敬请专家、学者和广大读者谅解。

2016年4月于开封东郊寓所芸香阁